育兒放飛記

主述＋撰文——冷莉萍
撰文——涂心怡

目錄

【各界推薦】

張良維／東醫氣機導引養身運動協會創辦人

作為「現代女性」這樣一個角色，莉萍從為人妻、為人媳、為人母到成為自己；這一路上跌跌撞撞、耐人尋味的生活寫照與場景，濃縮在一篇篇對子孫寄予期待的書信裏，書寫著一位平凡母親扮演著不平凡女性的過程。

莉萍跟我學習氣機導引二十年來，我看到的是一位生活教育家母親面對自己與家庭成員的成長，所付出的行動力與努力。莉萍熱心助人和分享美好的性格，讓我感受到她的生活經驗其實更像是一種生命修行；就拿面對孩子的教育，莉萍所付出的不只是傳道、授業、解惑，還包括許多愛與盼望。她像是一位生命導演，戰戰兢兢地面對生命成長的教育劇場，隨時隨地將自己擺在實踐者的位置，改變別人之前，她必先改變自己。

很樂意看到莉萍將生活歷練的心得，用書信的方式編寫成書分享給社會大眾。內容豐富，真實極富教育意義，在這二〇二〇年全球因新冠疫情恐慌之際，願這本書為社會注入一股清新的暖流。

涂承恩/真原分子醫學講師

好友莉萍出版了一本很有特色的親子書《育兒放飛記》。看完初稿章節，再細讀〈英文暖身操＋飛機上的地理課〉和〈親子自助遊〉兩篇充滿理性感性、溫馨有趣的遊記內文，娓娓道來的心情探索故事、接受孩子的想法和思考模式等，令我由衷讚佩。

莉萍從事美學設計工作，在百般忙碌中，還能為兒女安排這麼溫暖貼心的親子互動，奉獻時間心力為孩子們築夢圓夢，絕非易事。寫到這裏，我這個身為兩個兒子的父親，內心不禁湧起愧疚之情，以及濃濃「俱往矣」的惆悵。在孩子們的童年和青少年時期，我淹沒在事業的忙碌中，親子互動交流太少，缺席太多，錯失了陪伴他們「一去不復返」的珍貴時光。

我和莉萍在「分子醫學」課堂上相識，迄今有十餘年了。她的求知欲望和學習動力都很強，上課非常專注認真。課後我們偶爾交換心得，才知道她是大自然生命力的信仰者，珍愛大自然一切美好事物。夫妻兩人是假日農夫，親手種植各種有機蔬菜，種下種子，也種下心中的幸福。

教養兒女不是一件容易的事，像摸著石頭過河，跌跌撞撞，有歡笑幸福，也有挫折無奈和失落懊悔……這樣一路摸索，一路犯錯，在汗水淚光中，把孩子養大成人。如果能像莉萍一樣，從生活出發，和孩子一起築夢，放下權威教條和各種束縛羈絆，去了解孩子的心靈和願望，一起做旅遊功課，牽手勇闖陌生的國度，一起學習探索，克服各種障礙，從中發掘孩子的天賦強項，實現孩子們的夢想……那又是更加不易。

一般人工作忙碌且充滿壓力，在親子教養上，有著不能輸在起跑點的同儕標準，常需有形的分數成績才安心，所以缺少放手技巧與創意！

親子教育全世界沒有公式與定律，本書最大的特點是沒有說教及教條，只是溫暖地陪伴孩子！看完本書猶如電影般，很不一樣的教育路，都濃縮在文字中！

別人的方法不可複製，但可參考借鏡，孩子遇到困難時，父母每教孩子一個方法，等同於幫他圍上一道籬笆。要先相信孩子，試著放手讓他們自己飛，必然如書中後續發展般，孩子靠自己的方式起飛，不可預期卻充滿更多的可能性！

魏德聖/知名金馬獎導演

「奇蹟，要先相信才會發生！」

李玲惠／花蓮慈濟大學附屬高級中學校長

小時候，喜歡在空曠的草地上放風箏，當風箏好不容易擺脫地面飛起來，著實讓人興奮又緊張。興奮的是，風箏真的飛起來；緊張的是，怕線沒拉好，風箏就會栽跟頭。風箏能飛多高多遠，全靠放風箏的人順著風勢風向，透過風箏線一放一拉、一緊一鬆而讓風箏高飛。

回到真實世界，教育兒女不也是如此？拉太緊、太使力，風箏可能斷線；放太鬆、不使力，風箏就在空中亂舞，甚至不知去向。父母教養孩子的歷程，管太嚴、逼太緊，孩子可能失去學習的興趣，更可能轉為叛逆而破壞親子關係。父母是孩子的第一位老師，如何教養培育，影響孩子甚鉅，在閱讀本書的初稿中，我彷彿看到一位很會放風箏的媽媽。

是什麼樣的教育，讓一位青春期男孩蹲在玄關，靜靜地將一、二十雙鞋子擺好？是什麼樣的教育，讓一位國中生親手處理小鳥的遺體？是什麼樣的教育，讓高中生勇敢地成為國際交換生，克服文化適應等種種問題，還成功推動國民外交？又是什麼樣的父母，可以讓小學畢業生離鄉背井又翻山越嶺到後山求學，青春歲月時又能放飛到國外拓展學習的空間？

這一對青春成長日記與人不同的兄妹，名叫閻華、閻虹，他們的中學歲月都是在後山花蓮的慈大附中度過，而這位勇敢又有智慧的媽媽，就是本書的作者。

我是一位女校長，也是一個雙薪家庭的媽媽，在孩子成長過程中，總慨嘆陪伴孩子的時間有限，但是孩子的成長不能重來，教育的背景更讓我明瞭，在各個階段的關鍵點，一定要提供孩子成長的機會。

本書作者莉萍，有些教養觀念與我相似，彼此分享育兒經驗時，總有意猶未盡的感覺。很高興她將這些教養兒女的經驗集結成書，可以讓更多家長多些不同的觀點，不同的思維。

有智慧的媽媽，不但重視身教、言教，而且在關鍵的時間點，能有智慧地適時放手，任孩子高飛。智慧與勇氣，讓父母成為一位放風箏高手，也讓孩子看到不一樣的天空。翻翻這本書，或許可看到竅門！

姚智化／臺南慈濟高中校長

冷莉萍女士的一通電話，讓我的思緒回到十幾年前，剛到花蓮在慈大附中任教的場景。我是冷女士的女兒閻虹的高中導師，當時閻虹保留學籍到美國當交換學生一年，之後復學時擔任班長，她總是笑臉迎人，充滿自信又客氣，成績也保持在全班前三名。

之後閻虹計畫去日本當交換學生，假日回臺北學日文，有一次，閻虹在週記上描述日文檢定放榜，爸爸告訴她未通過，讓她很難過，因為自己犧牲假期，不敢和同學出去玩，結果還是未通過，真的很洩氣！過不久，媽媽打電話告訴閻虹，爸爸「又」一次開玩笑，其實是高分通過。後來因故無法去日本，改去德國，閻虹又重新學德文。

閻虹的哥哥閻華也是慈大附中學生，並到美國當交換學生一年，在美國獲得總統志工獎。回國後，直接就讀高二，兩年後的大學學測成績是全校榜首。閻華曾出版《少年，要胸懷大志》一書，鼓勵青少年要相信自己，總有夢想起飛的那一天。

閻華的自信與努力，讓人欽佩，閻虹延後滿足的定力及毅力決心，也令人讚歎。其實，教學的目標就是學習責任的轉移，如何讓學生確定人生方向，能自我驅動、積極努力、忍受挫折、提升解決問題的能力，正是教育所要努力的課題。

閻華和閻虹當交換學生，從發想、計畫、準備到隻身出國，都是自己找資料、找資源；是怎樣的父母，如此睿智遠見，卻又如此大膽及捨得，讓一對子女從小「放飛」？誠如冷女士所言：「讓未成年的孩子接受『異地求生』的洗禮，讓他們『找回學習的初衷』！」

期待在教育現場，有更多像冷女士這樣睿智的父母，支持學校、支持老師、相信孩子，讓教育更成功，讓下一代的生活更美滿。

李克難／花蓮慈濟大學附屬高級中學前校長

《育兒放飛記》是一本特殊的家庭教育書籍，以慈濟人文精神為經，以父母關愛為緯，構築了兒女成長的豐富與圓滿，編織出滋潤家庭的溫馨與幸福。冷女士是慈大附中學生家長，陪伴一兒一女探索與學習，兩位孩子都能自尊自愛、積極奮進、關懷人群、服務社會，成為優秀的世界公民。

平凡的職業婦女媽媽用心守護生命的獨特性，培養孩子正確價值觀及堅定不墜的意志力；帶領孩子一起踏上學習之旅，孩子們具備自主學習的動力與興趣；放手讓孩子單飛，接受慈大附中住宿教育，型塑獨立自主、珍惜時間、合作友愛、自我要求、美善純良等人格特質，成為子女畢生的資糧。

媽媽鼓勵孩子參加國際交換學生計畫：兒子閻華在美國為貧困兒童募集六千餘冊童書，榮獲二〇〇八年「總統志工獎」；托益成績九百七十分，就學亞洲排名第一的香港大學，創辦第一屆香港大學體驗營；出版《少年，要胸懷大志》，鼓勵青少年。女兒閻虹分別赴美、德兩國擔任國際交換學生，主動傳揚中華美善文化；二〇一一年日本發生三一一大地震及海嘯災難，引導德國同學愛心關懷日本災區民眾；大學時獲聘為阿聯酋航空公司空服員，獨自赴杜拜工作，成為該公司最年輕的空姐。子女表現傑出，受到讚歎。

母親運用活潑有效的教養方法，營造開放的家庭生活環境，提供子女多元的學習機會，放手讓孩子勇敢飛翔，看山、看水、看世界，愛己、愛人、護大地，下一代身心健康飽滿，昂揚開創人生，信心滿滿，奮勇前行。媽媽擁有慈悲善心，運用妙法養育兒女，娓娓道出圓融的慈濟教育經驗，是珍寶，更是善知識。

洪若岑／慈大附中慈懿會合心幹事、大愛感恩科技公司設計總監

是什麼樣的原因，讓父母捨得小學畢業的孩子從臺北到花蓮讀書？莉萍的母親是位資深又精進的慈濟委員，長期投入環保志工，為地球盡心力。在母親的引領下，深深影響著莉萍對孩子的教育，而且是從小扎根。莉萍手把手地參與孩子的每個成長過程、陪著孩子參加慈濟兒童精進班，培養孩子的生活能力、懂得孝順父母尊敬師長，也啟發孩子的愛心行善。小學畢業後，多數人尋找都會區把孩子送進名校，莉萍反其道而行地讓孩子單獨負笈花蓮求學，開啟生活自理的住宿生活。

慈大附中的孩子來自各地，白天一起上學、晚上共寢，所有事都要學習自我管理，做好時間安排。大山大海環繞的慈大附中校園裏，除了基本學力，更提供了豐富多元的學習與活動：各類型海內外志工服務、海外交流，以及交換學生等。除了完善的硬體、認真的老師，還有由慈濟志工組成的教

育志工「慈誠懿德會爸爸媽媽」進到校園關懷孩子們。

青春期孩子情緒起伏大，舉凡交友、課業、家庭等心事，都會跟慈誠爸爸懿德媽媽訴說或商議。慈懿爸媽們用父母心陪伴孩子，用心傾聽再給予建議或規勸，樂作親子間的橋梁。因而孩子們在畢業後就業、結婚生子，都會邀請慈懿爸媽分享他們的喜悅，成為他們另類的爸媽。

愛沒有方程式，唯有給予正確的愛，莉萍雖是職業婦女，卻非常重視孩子的教育、安排理念好的學校、啟發善行給予人文薰陶，成為獨立、正直、具有愛心的好青年。兩位孩子閻華、閻虹，向來有禮、主動又好學，在學校師長及慈懿爸媽充滿愛的環繞下成長，閻華國中畢業時獲得全年段唯一「師公上人獎」品學兼優的肯定。兩位孩子的成就，讓身為慈大附中慈懿會合心幹事的我與有榮焉。

是什麼樣的原因，讓父母捨得小學畢業的孩子從臺北到花蓮讀書？原來是以人為本的那分愛。

蔡青兒／靜思書軒營運長

天下父母心，全世界的父母無不都是疼愛子女，希望他們有美好的人生道路。這本書感受得到莉萍媽媽對孩子教育的用心。除了給予愛的陪伴，更以證嚴法師的「靜思語教學」一路教導孩子。孩子在美善薰陶下，一路快樂幸福成長，而更重要的是懂得為社會付出，這是最難能可貴的。莉萍將她的學習及體悟都記錄在這本書，字裏行間都是對孩子的祝福及滿滿的愛。

張其正／臺灣愛優生文化教育交流協會理事長

說起與閻媽媽的結識，要回顧十多年前她兩位優秀的孩子：閻華和閻虹，分別甄選上本協會的高中交換學生。閻媽媽在教養孩子上特別令我讚歎，兩個孩子在國外期間，閻媽媽給孩子的觀念也特別令人印象深刻，多年來一直讓我感受到這是個「實踐、感恩、回饋」的家庭。

哥哥閻華在美期間為臺灣弱勢孩子募集幾千本英文童書；妹妹閻虹更是美國交換後再赴德國交換一年，在德期間碰上日本三一一大地震及海嘯，她在德國發起愛心關懷活動。十五、六歲隻身在國外的孩子，不但沒有伸手要東西，反而是用熱情與感動尋找資源，整合在地人脈支助弱勢及災區。教養出這樣的孩子，其母親當然是我見賢思齊與長期諮詢的典範。

從事跨國高中交換工作逾二十年，輔導近兩千五百位臺灣學生，期間與無數的學校師長、家長、學生有非常多的互動，我的觀察認為，臺灣與世界的接觸在現階段是最好的時候，也是最需要提升的時期。

臺灣四面環海、資訊如此發達，然而年輕人如果安於舒適而選擇小「怯」幸，失去探索冒險的行動力，最終不免急於看到成果而將目標設定得太短淺。這樣的年輕一代，未來是堪憂的。觀察閻媽媽教育出的一雙子女，足以證明只要父母相信孩子、給孩子舞臺，絕對可以培養出具有競爭力的下一代，更是未來十至二十年地球村需要的人才。

二十餘年來，我們不遺餘力培育臺灣青年具備以下的能力：培養自信，找出優勢；擁有感動自己及他人的工具；整合資源與團隊合作的能力；立足臺灣、迎向世界的格局；創造精彩人生的故事；回饋改善地球的環境及幫助需要的弱勢。

期許此書能感動千萬人心，期望臺灣青年如閻家的孩子這般，自信且有大格局地走出去迎向世界，更因為有能力的他們而讓地球的藍天更藍、大地更綠、海洋更清澈。

閻虹／女兒

母親生產後的那刻，就算已精疲力竭，都還是會看寶寶一眼，對他微微笑。我雖然還沒當上母親，但我肯定這本書又讓我母親懷胎一次，而這一次有十年之久。

依稀記得媽媽十多年前開始寫書時，感覺從她身上、也從我們身上挖出好多好多的故事，似乎把我們重新養大了一遍，我也在母親筆下再度經歷一次成長。

也許我們的故事跟很多同齡者的經歷很不一樣，但在世界看一圈後，我發現其實全世界的每一個人都很不一樣；加上現代科技無遠弗屆，每一個個體都足以超越國界，成為璀璨。

飛行第三年，某次降落曼谷，回想這些年在國外的生活，內心頓時充滿興奮，我好開心我想通了，原來全世界每個人都是global citizen（世界公民），我們不再被局限於任何一個國家。這是何等喜悅的開竅，至今，我依然充滿對世界的祝福。

如果此時你也微笑，那你就已經準備好閱讀此書了，我母親懷了十年的這一胎！

閻華／兒子

二〇〇八年，我參與了交換學生計畫，赴美國一年；回臺灣在二〇一〇年出版了《少年，要胸懷大志》一書，書中介紹在美國的種種見聞，受到了學弟學妹們的好評。媽媽應出版社邀請開始提筆書寫，從頭記錄她如何不停放手及陪伴我們的過程。

今年二〇二〇年，這本書終於問世，不枉費這十年的用心！

十年，時光在我的生涯也鬼斧神工地展現不可想像的雕琢。我考上了人人羨慕的醫學系，卻選擇了機械系，拿起螺絲起子；我考上了臺清交，卻選擇到香港大學在充滿國際學生的班級中吊車尾；我在外商公司領著優渥穩定的薪水，卻選擇一條充滿風險的創業路，如今公司也過了三個年頭，我的視野漸漸寬廣。

這些選擇顯然都不是父母可以左右，我曾在選擇大學專業時跟爸爸有不同看法，如果可以念醫學系，家長要有很大的心臟才能接受小孩念機械系。

這就是媽媽給我的禮物——獨立思考！

國小的時候，我們就獨立決定自己的人生，我沒有對父母叛逆過，而是用理性思考和辯證去做自己的人生決定，並為自己的決定負責。

媽媽給我的第二個禮物，是溫柔堅韌。

小時候我總是看著媽媽的背影——在路邊賣燒烤，貼補家用；出國時，拿著字典向外國人問路；如今，則不厭其煩跟客戶討價還價。無論什麼角色，媽媽都堅持不放棄。

自己身為業務人員，每當遭遇困難，媽媽的叮嚀就會迴盪在我耳邊：「再試一下！」

世間善惡來自一念心，人的一生來自小時候的灌溉；正向智慧的母親，是臺灣下一代國家棟梁的堅實後盾！

【楔子】
寫在故事之前

親愛的孩子，你們知道嗎？我不只是你們的奶奶，在成為奶奶之前，我是一個男孩與一個女孩的母親，可是在成為他們的母親之前，我只是一個男人的太太，而在成為這個男人的太太之前，我也曾是人家的女兒、孫女，更是一個獨立的生命個體。

隨著歲月積累，我的身分也被層層堆疊。走過多年人生，我的腦中、心裏任一處角落，即便是層層皺褶處，都能在輕輕翻動中，找出一段段令我回味不已的美好時光。

一如現在，我想起了好幾年前曾搬過一次家。因為坪數小，我跟先生決定不搬入大型家具，只留下原木餐桌椅、幾張彩色的小木椅以及一組原木書櫃。家具簡潔，沒有電視櫃，也短少了舒適的沙發，但這與一般家庭不太一樣的擺設，並不影響我們對生活品質的追求。

我去油漆店逛了好多回，即使設計是我的本業，仍得不停地在腦中試想許多種配色，「這個顏色好嗎？」「會不會太奇怪？」好多的想法與念頭讓我在油漆行裏陷入苦戰。

一番糾結掙扎後，我終於提回幾桶檸檬黃、柳橙橘的油漆。經過一天又一天，家裏的每面牆慢慢顯出不同風情。我享受著彩繪的快感，也刻意留下一小片牆給放學的女兒，讓她拿著海綿滾筒上色，體會自己動手做所帶來的樂趣。

雖然說是搬家，但是即將搬進的空間，其實是我們曾經居住過的舊家。牆上有著兒子與女兒小時候的塗鴉，即使顏色些許褪去、模糊，仍能清楚看出樸拙筆觸繪出的小人兒。

再將視線轉往另一面牆，有著我和先生用鉛筆一年一年替兩個孩子刻畫的身高印記，這些無可取代的童年回憶，我們都決定要留下！

油漆工作告一段落，我將自匈牙利買回的藍白大盤掛在牆上，又拿出在土耳其大市集搜羅到的整匹蕾絲白紗，請迪化街一位值得信任的裁縫師傅，製成餐桌旁隨風飄動的美麗窗簾。

每一次透過清柔搖曳的蕾絲布向外望去，窗外種植的迷迭香、薄荷彷彿更顯生機。

這些旅行中帶回來的紀念，讓我想起自己四十歲時的勇敢果決——獨自到西班牙旅遊十八天。這不同於一般母親的抉擇，以世俗的眼光來看，可能被認為是拋夫棄子，但如今回過頭來審視自己的人生，卻是我一生中為自己踏出的很重要一步！

孩子，你們知道嗎？奶奶陸續又踏出一小步、一大步，我訓練才小學低年級的兩個孩子自己搭公車與捷運，還將小學剛畢業的他們，迢迢送到離臺北三個小時火車車程的花蓮念書，甚至在他們國中畢業時，就讓他們隻身前往美國當交換學生一年。

「你怎麼敢這麼做？」一路走來，這句話或是驚訝、或是疑惑，不時透過各種角色身分向我詢問，有父母、長輩、老師……甚至連我也自問：「我怎麼敢這麼做？」

每一次的放手，我都心驚膽戰，每一次將孩子由我身邊往外推出去，內心就會上演一場沒有終點的拔河。

每一次的放手，無法掌握的是事情中突如其來的變數，但那也是事後令人驚喜的成長。這些回憶在我的腦中不停翻動，我已經迫不及待要告訴你們這些故事了。

因為將近三十年後，驗證了我當時的決定雖然膽大，方向仍可供參考。提筆以信件形式寫下，或許於你們所處的年代已是太過古板，但這是長期訓練孩子獨立的我們，另一種與孩子交流的方式。請讓奶奶保有這一分懷舊的浪漫吧！

故事即將開始，你們，準備好要聽了嗎？

輯一 成為母親

婚姻

出嫁前一晚，母親叮嚀我：「未來，你跟婆婆相處的時間，會比跟我更多！你要把她當成媽媽般看待，好好地對待她，甚至比對我更好！」

親愛的孩子，不知道你們看到這封信時，是多大的年紀？是跟同學嬉鬧著哪種零食好吃的小學階段？還是步入急躁的青春期，面對身體的轉變不知所措的青少年？又或者是情愫逐漸萌芽的少男少女？

有一天，或許你們會踏入婚姻的殿堂，也或許發現你比較適合一個人生活，都沒有關係，成家也好，不成家也罷，因為你在呱呱落地、出生在這個世上時，早已經有了一個家。

你們的爺爺是一個事事備妥規畫並且縝密執行的人，婚前我們交往多年，但他忙著念書帶社團，還沒畢業就規畫出國，後來考上預官，做事負責的他只想把兵帶好。當時我們南北相隔，真正的相處時間很短，大部分的時間都在思念中度過。

記得結婚前一晚，母親把我拉到身邊，仔細叮囑我為人妻、為人媳應當如何的道理。她那一雙眼睛沒有因為歲月和勞苦而黯淡，炯炯有神看著我說：「未來，你跟婆婆相處的時間，會比跟我更多！你要把她當成媽媽般看待，好好地對待她，甚至比對我更好！」

我的母親是一位單純卻有智慧的女性，即使從未為人媳，歲月仍教會她將心比心，設身處地為別人著想。

然而，她可不是堅守四維八德的傳統女性，接下來她對我說的話，可是會跌破現在人的眼鏡。「孩子不要太早生。先適應婚姻，想清楚、看清楚後再生小孩。」

我母親是土生土長的臺灣人，父親則是隻身跟著軍隊來臺的軍人，他們的婚姻是媒妁之言。每說起這段往事，父親總是笑稱自己當年陰錯陽差。

「戰爭時，四處抓壯丁當兵打仗，當時我十九歲，身為長子，家人讓我離開家鄉暫避風頭。結果沒想到，就跟著軍隊撤退到臺灣了。」父親嘆氣，一口揚州鄉音透露著諸多無奈。

初來臺灣時，他還夢想著哪天可以回家鄉，孰料一年年的局勢就像一桶桶的冷水，潑得他滿腔的期待一一熄滅。眼見軍隊薪餉不優渥，父親向部隊裏的弟兄學會磨豆漿的手藝，就毅然決然從部隊退下，推起車子賣豆漿，在臺灣落地生根了。

每一天，臺北這座繁華城市還在暗黑裏靜靜沈睡，父親就得起身舀著黃豆、和著水，一圈圈轉著石磨，一道道流下乳白的液體，是他求生的來源。磨好煮滾的豆漿放進桶子裏上了攤車，他開始從東門一步步沿著仁愛路，蹣跚走過當年最熱鬧的武昌街，非過午絕不收攤，自己吃的也簡單，隨便就打發了一餐。

外型高大、待人又和氣的他，就這樣被熱情的婆婆媽媽相中，並介紹給我的母親。

他們約會過幾次，聊了幾次，心裏就放不下對方了。但一談到結婚，可引起了母親家人極大反對。

「萬一外省仔有一天回去大陸，把女兒拋棄了怎麼辦？或是他將女兒也帶過去，我們就永遠看不到女兒了！」據說當時外公大發雷霆，極力反對，嫌棄父親一個人在臺灣，兩手空空，一窮二白，無法給母親任何保障。說到後來，甚至還拿父親的姓氏大作文章，「他連『姓』都怪，姓什麼『冷』！」

這都是我們長大後，從兩老口中聽到的小故事，覺得真是有趣。歷經一番說服、溝通以及抗爭，終究有情人成為眷屬，即使最基本的語言溝通都有問題，卻絲毫不影響夫妻的感情。他們就這樣生活了大半輩子，直到長母親八歲的父親先離世。

婚後，母親陸續生下了五個孩子，我排行第四。而在懷我或是懷妹妹前後，母親才在幾封書信中赫然發現，原來父親在大陸的老家早已有妻兒。

大姊曾回憶，當時她總會跟著父親上布行買布，年紀尚小的她隱約知道這幾匹布是要送人的，父親總是挑選青色、藍色的布匹，顏色既不鮮豔也不時尚。直到東窗事發，她才明白原來這些布匹是要寄回父親老家的，五〇年代的中國，人人都要參加勞動以建設新中國，日常穿著必須以耐磨耐髒為主，工裝以及軍裝的灰、藍、綠色等，成為當時最流行的顏色。

母親得知真相時傷痛欲絕，但為了孩子，終究選擇圓滿婚姻。可我知道母親當時的選擇，不只是因為孩子而已，更是因為與她牽手多年的伴侶，是一位可靠、樸實、脾氣好又節儉勤奮的好男人。

在那個離亂年代，造成的奇異婚姻關係，並非他們所願。父親心裏掛念老家父母及妻女，勤勤儉儉捨不得吃穿，養臺灣五個小孩，還要寄錢回去老家，這才是有情有義的真男人。

總之，出嫁前一晚母親說的話，我聽進去了。那時我也還沒想要孩子，還想多過一些兩人時光，也需要適應新的環境、新的身分。

結婚不久就是農曆年，當時適逢兩岸開放，公公歡天喜地準備要帶婆婆回鄉探親。

臨行前一天，心想自己嫁進來至今，因為工作常常加班，還沒煮過一頓飯給公婆吃。他們這一趟回去，可能要好一陣子才回來了，乘著他們出發前，我決定使出渾身解數，煮頓豐富的晚餐！

大學時我就讀家政科，下廚對我而言似是困難，卻也是本科。為人媳所做的第一頓飯，戰戰兢兢，願求最好，因此我選了幾樣作法繁複的菜色，不僅泡菜自己醃，其中一道菜還精工切成像朵盛開的菊花，刀刀都得精準俐落。

由於我在廚房待了許久，婆婆當時還不放心地一直探頭進廚房想幫忙，都被我幾句「媽，我可以！」請了出去。

那一頓晚餐，公婆吃得很開心。我鬆了一口氣，吐出一下午的疲憊，對婚姻也有了真正的踏實感。

翌日，我和先生目送公婆上計程車，說了再見。計程車駛離的影像歷歷在目，但誰都料想不到，這一句再平常不過的道別竟是訣別，再見到公公，已不再是溫暖血肉之軀，而是一甕骨灰罈。

聽婆婆敘述，公公回到老家，許久不見的親戚朋友紛紛上門，聊聊三十多年來的日子、生活以及心情，甚至連半夜都有人來串門子。公公體諒他們都是走了好遠的路，珍惜久別重逢的情緣，自然打起疲憊精神殷勤款待。

只是一日接著一日，老人家堪不住多日沒日沒夜的勞累，某天一進旅館就說累了，馬上睡在床鋪上，婆婆擰了一條溫熱的毛巾要幫老伴擦擦臉，卻在碰觸剎那，發現公公靈魂似已離去。

旅館前面便是醫院，但醫師的急救也搶不及心肌梗塞的迅速奪命，面對這場令人措手不及的遺憾，婆婆強撐起精神，在當地辦完後事，帶著公公的骨灰以及自己瘦了十幾公斤的身子回到了臺灣。

身為長子、長媳，面對這樣驟失老伴的婆婆，我們夫妻有了共同決定，就是要與婆婆同住。也因此，我要適應的新身分，除了人妻，還有人媳。

晚一點再懷孕，是我們夫妻的共識。一眨眼，三年過去了，我們想著該是增添新生命的好時機了，卻不知原來要擁有一個孩子並不容易，足足努力了一年，肚皮依舊沒有動靜。

當時因為懷不上孩子而心情低落的不只有我倆，朋友中也有好幾對努力多年卻懷不上孩子的夫婦，聚會時大夥兒還笑說，偷偷去看了不孕症門診，結果裏面滿是求子的夫婦，甚至還遇見認識的朋友呢！

聽了那麼多人求子的辛酸血淚，這才讓我覺醒，原來能夠擁有孩子，還得老天垂憐啊！幸運的是，送子鳥就在我最最無助的時候，上門來了。

父親冷興發、母親冷鍾玉惠經由介紹結婚，組成「芋頭番薯配」的小家庭。

愛

你的孩子並不是你的……你可以給他們你的愛，卻非你的思想……你可以供他們的身體以安居之所，卻不可錮範他們的靈魂……——摘自《先知》

親愛的孩子，或許有機會，你們可以問問父母，當初在懷著你們的時候，他們是怎樣的心情？

即使時隔近三十年，我仍對當初兒子、女兒在我肚子裏時的情境歷歷在目。甚至在更早之前，當發現子宮裏孕育了一個期待已久的小生命時，那分激動。

懷兒子前，我歷經一年多一再失敗。直到某一天，直覺自己好像懷孕了，當下克制情緒，去藥房買了驗孕棒，並試圖告訴自己不要太期待，免得更失落……結果，驗孕棒上很快就浮出第一條線，緊接著第二條線也明明朗朗地浮現出來！這代表著懷孕的可能性相當高，我趕快又到醫院檢查。

「恭喜，你懷孕了。」當這句話從醫師口中說出來，我才撥電話給正在上班的先生，告訴他，我懷孕了！到現在我都還記得，電話那一頭有尖叫、有啜泣，而電話這一頭的我，也跟他有著一模一樣的情緒。

得了兒子，希望他有手足，所以順其自然沒有避孕，結果兒子出生六個多月，我又懷孕了。

說來神奇，受精卵不過是一顆小豆粒大，一旦它在子宮內落地生根，女人的身體就會受它控制，不由得嗜睡、疲倦，還有許多難以控制的變化，例如胃口、體態等，這一切都不是那麼舒服，但無論身體如何不適，我總能從其中找尋樂趣。

一如懷孕初期，當我在對抗排山倒海而來的疲憊時，就會拿起字典，慢慢地翻、慢慢地讀，試著為孩子找出一個響亮的名字。無法靈光一閃，偶爾就拿先生的姓「閻」，玩起取名字遊戲，「姓閻，單字名巴，全名閻巴（鹽巴）！不然，就單字色，閻色（顏色）！」光是取名這件事情，就足以讓我們夫妻笑笑鬧鬧許久。

幸虧終究回歸理性，最後，我們為兒子取了一個意味豐富華麗卻又樸實的名字，單名「華」；也為女兒取了一個象徵寬廣七彩的名字，單名「虹」。

沒有找算命師，沒有根據出生時辰，因為我們深信，為孩子取名字所費的心思精神，已滿滿寄託著我們最無私、最全然的祝福。

懷孕中期，開始有了胎動，我們從電視上看到演員演繹胎動時，總是滿臉喜悅，其實有時候嬰兒踢得太大力，或是在羊水裏盡情翻滾跳舞，媽媽可是疼得受不了呢！這個時候，我會將這些令人不適的碰碰、踢踢，想像成是孩子給我的摩斯密碼，輕輕地用手指摸摸肚子，試圖用自己的節奏密碼溫暖回應。

到了懷孕後期，肚子大到睡覺時不知要往哪裏擱，正躺時胎兒壓得我不舒服，有時還會喘不過氣來，趴睡我又不敢嘗試，就怕把胎兒壓扁，側睡也無法單邊睡太久，因此只能左、右輪流睡，難能一夜好眠。

懷孕，是生理與心理上的適應，這時候的身體，早已非懷孕前的型態與樣貌了。我重新適應這具軀殼，雖然不適的症狀很多，但兩次孕期我都感覺良好、情緒漫步在雲端，心情如藍天白雲般清朗。我也常常不自覺地念起佛號，沒有特意，自然而然，如此維持好心情，期待讓平和的情緒帶來許多正能量。

懷孕期間，我沒有從工作崗位退去，依舊夜夜到報社上班。當時我們美術編輯拼版的大桌子擺在樓下，辦公室在樓上，因此常常得樓上樓下來回走。許多醫師都會建議孕婦，想要自然順利生產，多爬樓梯、多走路就對了！這個亙古至今的建議，有它的道理。

兒子出生了！我永遠記得那天，兒子出生一週後，我們從醫院抱他回家。我輕輕把他放在梳妝臺的大鏡子前，看著鏡子裏的寶寶，又看看眼前真實的寶寶，心中有一種不可言喻的喜悅。似是自然而然，我打開一旁的錄音機，讓音樂輕輕地流洩出來，就這樣在鏡子前與寶寶彼此對望著，消磨一個下午。

小傢伙張大了小嘴，脹紅了小臉，連小小的鼻孔都完全撐開，其實他只不過是打個哈欠，不一會兒又沈沈睡去，我從眼角餘光看見鏡子中的自己，發現眼裏盡是欣賞、讚歎的神情，嘴邊勾起滿足的笑容。我明白，這是一個為人母的深情。

寶寶出生之後，我一直在適應著如何當一位母親。那時，我買了不少書，信誼基金會出版的《你的零歲孩子——生命最初的十二個月》、《你的一歲孩子》彷彿是我的諮詢顧問，使我了解到初生兒在沒生病之下，有時哭鬧是成長期間身心整合調適的正常現象，要寬容陪伴，而非嫌他吵鬧。

人家說「第一胎照書養」，果真如此，這些書成為我日後了解孩子身心發展的育兒指南。

書籍是有形的學習，但某些無形的事物卻更重要，例如更寬廣的觀念釐清及建立，因為那是引領未來行為準則的心法。高中時閱讀過黎巴嫩作家紀伯侖的《先知（The Prophet）》（王季慶譯），這本書對「愛」、「婚姻」、「孩子」的幾段文章，協助我思考婚姻及親子關係，也啟發我對親子教育的定位。

〈孩子〉這篇文章是這麼寫的——

一個懷抱著乳兒在胸前的婦人說，對我們講關於孩子吧。他說：

你的孩子並不是你的。

他們是「生命」的子與女，產生於「生命」對它自身的渴慕。

他們經你而生，卻不是你所造生；雖然他們與你同在，卻不屬於你。

你可以給他們你的愛，卻非你的思想，因為他們有他們自己的思想。
你可以供他們的身體以安居之所，卻不可錮範他們的靈魂；
因為他們的靈魂居住的明日之屋，甚至在你的夢中你亦無法探訪。
你可以奮力以求與他們相像，但不要設法使他們肖似你。
因為生命不能回溯，也不滯戀昨日。

你是一具弓，你的子女好比有生命的箭借你而送向前方。
射手看見了在無限的路徑上的標記，而用祂的膂力彎曲了你，
以使祂的箭能射得快而且遠。
愉悅地屈服在祂的手中吧；
因為正如祂愛那飛馳的箭，同樣祂也愛強固的弓。

這篇文章常在我心中默默檢視自己的初發心。天地無限寬廣，孩子正開始和多采多姿的世界碰撞，他們跟我一樣都是獨立的個體，我必須

尊重他們，以一個母親溫柔、開放、寬容、等待的心，努力保有孩子自己的面貌，讓他的人生有更多的可能。我真正能替他們做的，只是永遠的守護天使。

望著小小的孩子，我能給初生嬰兒什麼樣的守護？首先，我一懷孕就堅定要親自哺餵母乳，因為想給孩子最好的。

這分心情，讓我想起了父親的豆漿。

父親的豆漿是利用石磨，徒手奮力一圈圈磨出來的。這是一件相當辛苦的工作，夏夜天熱難以入睡，好不容易睡著了，就得起床工作；冬天天冷，半夜又更嚴寒，但時間到了還是得掀開被窩鑽進冷風中。

當時我們的早餐，都是一碗熱騰騰的豆漿沖蛋。父母親早起開門做生意，母親上早市前會先叫醒念小學的妹妹幫她綁好辮子後，再讓睡眼惺忪的她繼續睡。有時為了多睡幾分鐘，我們還會穿著制服睡覺，早上醒來，胡亂洗把臉、抓起書包就要往學校跑。

然而，我們總會被父親叫住，他手腳俐落地在碗裏打顆蛋，再舀一杓滾燙的豆漿倒下去，就是他特地為我們準備的營養早點。

我們匆匆忙忙邊吹氣、邊著急地囫圇吞棗，呼嚕呼嚕，試圖以最快的速度將整碗豆漿喝完，心裏頭急得大叫：「我快要遲到了！」

每次都在心急如焚與滾燙的蛋漿中拉扯，無論時間多著急，父親總會堅持看到碗底見空才心滿意足地讓我們去上學。那一口一口喝完的滋味，至今仍令我印象深刻，那是父親的愛，父親的心意。

母親的愛，則是那鍋人人掩鼻厭棄的四物湯。家中女兒多，媽媽常煮四物湯要我們姊妹們喝下，姊姊們跟妹妹都怕那股中藥味，每次都懷著各種理由閃躲不喝完自己的分量，而我則是傻呼呼的，全部惜福，整鍋照單全收！

長大後，姊姊總會讚歎地對我說：「你皮膚好、牙齒好，一定是那些年乖乖喝下所有四物湯的關係！」

小時候，父母極少陪伴我們，多年後才能體會養育五個孩子的生活重擔下，父母已在一點一滴的食物裏，平實地放入滿滿的關愛！

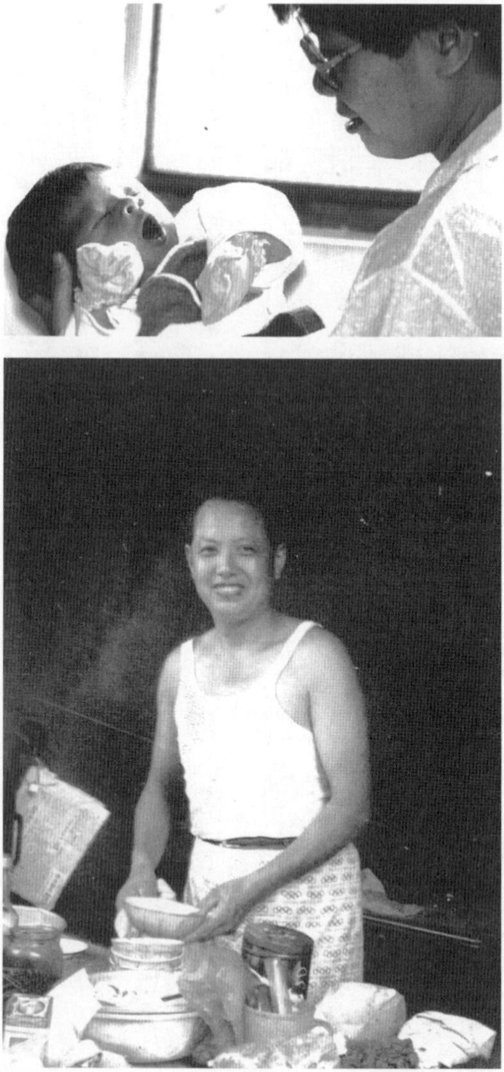

（上圖）親自哺餵母乳，是我能給予孩子的守護，（下圖）就像當初父親的豆漿攤，餵養我們一家人。

想像力

孩子們漸漸長大，對任何事物也開始充滿好奇心與創造力，發現影子的那一晚，他們跑前跑後，踩著自己的影子玩，被自己逗得好開心。

親愛的孩子，如果你們有機會探訪剛出生的小嬰兒，或許你們能夠理解奶奶當年第一眼看到自己兒女時的感動。

記得女兒出生時，雖然減掉長達十個月的負重，但是我的身體仍處於虛弱狀態，拖著身子到嬰兒室看她，第一眼，就愛上了這個小女孩。她柔柔的、斯文地躺在小小的嬰兒床上，我內心禁不住讚歎：「又是一個獨立的小生命，堅定的、獨立的個體，擁有完整的主權，真的是太美了！」

懷孕初期，感受到生命由我孕育，日日不便卻也日日喜悅，不由得告訴自己：「生命跟生活是不一樣的！」未來我可能在無盡的奶瓶、尿布中日復一日，但絕對不要停止領受及欣賞生命的感動，不可因生活而混淆生命。

許多新手爸媽接孩子回家之後，總會先被小嬰兒無止境的哭聲給打敗，我以為自己也會如此，卻沒想到我是如此享受這一切，不僅對孩子的哭聲完全不感到煩躁，也沒有被哭聲搞得手忙腳亂，更不會因為摸不著頭緒而心煩意亂。

我反而覺得，孩子的哭聲就像胎動一樣，是在跟我打摩斯密碼，也是跟我撒嬌的獨特音符，經過多次觀察、嘗試，便可抓到要領，因為天天相處、時時觀察，很快的，我就知道哭聲代表的意義了。一如我聽歌喜歡不同的曲風，也會搭配不同心境挑選不同歌曲，嬰兒的哭聲對我而言，是另類的生命之歌。

兒子在嬰兒期時，早上習慣睡到很晚，因此我起床後會先處理自己的事情。一天我進房時，發現他早就起床了，沒有哭聲、沒有咿咿呀呀的嬰兒語言，只是靜靜地躺在那兒，手裏正把玩著從棉被中抽出的兩根線，很認真地看著、捏著。

這是他第一次認識「線」，也是來到這個世界上，第一次用自己的觸覺仔仔細細地感受棉線的觸感。

我在一旁看著看著，心裏湧現難以言喻的感動。我知道，從大人的角度來看，這一點也不起眼，單純就是小孩好奇罷了；但若站在孩子的角度想，這是他與線的「第一次相遇」呢！而人生，不就在發現、體會並享受這些容易掠過的點點滴滴中，摸索著生命的面貌！

生完女兒，我仍在報社任美術編輯工作，上班時間大約是傍晚五點到深夜十一點之間。白天，我有充裕時光陪伴孩子們，到了下午五、六點，先生下班回家接手照顧，而且婆婆同住，隨時都有奧援在身旁，每天都過得緊湊忙碌卻歡喜。

曾在書上看到一句話：「生孩子要有心理準備，你大概會有五年時間要將時間都放在小孩身上。」

朋友則分享她在德國的所見所聞，「有次我拜訪德國友人，那對夫妻跟孩子的相處模式讓我很驚訝！」

「怎麼說？」我急著聽她的驚訝從何而來。

「他們的孩子每天約中午下課，晚上七點就會上床睡覺；只要孩子在家的時間，父母就會徹底放下手頭工作，全心全意陪孩子玩遊戲、煮東西給孩子吃、說故事給孩子聽，直到孩子上床睡著為止，才又重拾白天手上工作，認真忙於自己的事情。」朋友歇了口氣，接著說：「不像我們會邊做家事或漫不經心有一搭沒一搭地附和孩子，或是自以為人在家中，卻自己看書、看電視，心中還認定已經在陪伴孩子了。」

雖然我的工作時段與一般上班族相反，遇到緊急事件更要繃緊神經待命，但孩子出生之後我卻很慶幸能擁有如此的工作型態與時間，因為無論如何，兩個孩子隨時隨地，至少都有爸爸或媽媽牽著他們的手，與他們互動說話。

「你可以換工作，但不能換小孩！」當孩子出生之後，耐心、用心、歡喜享受彼此的陪伴。我明白，隨著他們年齡增長，只會離我愈來愈遠，因為有同學、師長、朋友，世界愈來愈大，再也不是父母能主宰的了！

隨著兒女漸漸長大，能夠爬、能夠走，對任何事物也開始充滿好奇心與創造力，我時常得找來更多有趣新奇的遊戲陪伴他們。

我發現，他們兄妹倆喜歡躲在窗簾後或神桌下玩耍，這些祕密基地帶給他們無窮的樂趣。因為工作關係，我常特意留下大大小小乾淨的紙箱，串連或直立或穿洞，兄妹倆更搶著躲進裏頭，並傳來許多幻想世界的描述，時常讓我讚歎孩子天馬行空、自得其樂的想像力。

不用給他們多麼豪華的玩具、多麼夢幻的城堡組合，兄妹倆對這個世界，幾乎是隨時隨地都充滿驚喜。

記得某個夏天夜晚，我們關上大燈，只留下一盞小燈，在扇風納涼閒聊時，屋裏晃來晃去的孩子突然發現自己若是站在燈前，腳邊便會出現一長條黑色的玩意兒，後退黑影便拉長，前進黑影便縮短。

看出孩子的專注與疑惑，我們輕聲告知：「那個黑黑的東西，是影子喔！」「啊！影子！」「影子，哈！影子，哈哈！」就這樣，那一晚孩子們跑前跑後，踩著自己的影子玩，被自己逗得好開心。

而我跟先生笑看著這一切，跟著他們一同享受這分快樂的心情，也感動孩子教會我們重新珍惜「生命中第一次的驚喜」。

國內外其實有很多善用影子來創作的藝術作品，影子在真實與想像中遊走、可以天馬行空、真真實實、沒有界線；我自己也常觀察晨昏中、明暗間、光影的變化，充滿許多想像及可塑性！誠如生命中許多美好的創作，都始於一場偶然！

回想自己的童年，處於物資貧乏的時代，沒有現成的玩具，父母忙於擺攤做生意，少有時間陪伴，但偶爾一次的看電影時光，就令我回味久久。

當時電視還不普及，影片打廣告得張貼海報，我們家豆漿店就常有戲院工作人員拿海報來貼，報酬便是幾張免費的電影票。看電影，成為我們家最奢侈也最常做的娛樂。

電影大多在西門町的中國戲院播放，爸爸很忙，捨不得每一刻做生意的時間，因此總在電影開播前，才急急忙忙關上店門，拉著我們幾個小孩往戲院奔去，通常衝進影廳時，電影已經開始播放了。別說要買飲料、爆米花，印象中，我們總是十分狼狽、氣喘吁吁地坐上戲院椅子，慢慢等待心跳趨緩，才能好好地將電影看完。

在那個電視不普及的年代，孩子們圍著一臺收音機就能帶領我們到更大的世界去，「扣扣扣」的走路聲走到哪裏呢？「吱吱吱」的開門聲又進來什麼神祕人物？太刺激也太有趣了，物資不豐裕無損於感受單純的快樂，雖然沒有眼睛可以看到的影像，反而更能專注用耳朵聆聽劇情的起伏，想像力就是我們的超能力。

或許是這樣的童年背景使然，我在幫孩子準備玩具時，會選擇多功能、有組合性、創造性以及延續性的玩具，例如積木，可以點、線、面組成立體三度空間，我們一同為它們取了個可愛的名字——「接接」。

每個年齡階段，孩子們創造出來的成品都不一樣。兩歲時，幾根棒子插在圓盤，就是風車；四歲多時，隨著生活經驗豐富，可以搭成一列火車；小一時參加電腦班，回家後就用樂高拼湊出一臺桌上型電腦與一只滑鼠，還有磁碟機，還有模有樣地學著大人的樣子，操作起專屬的「兒童電腦」。

在我工作中隨手可得的紙張，加上剪刀、膠臺，更讓孩子能天馬行空發揮，陸續地一隻雞、一個檯燈、一張沙發、一艘鐵達尼號，有著細細神柱的迷你希臘神殿，單一作品就這樣出現了。小哥哥甚至在妹妹身上直接量身裁剪，有眼罩、有翅膀、有手飾、腳飾的洛克人立體造型，一下子就變身成功！

沒有模仿，沒人教導，都是孩子自己的創作，兄妹倆開心地玩著這些一直變身的道具，各種玩法，隨時在角色扮演。

除了玩玩具，大姊也貼心提醒我：「要讓孩子專心，心不往外跑，最重要的是養成閱讀的習慣。」

大姊轉送一整套使用過的《漢聲小百科》，孩子一翻再翻，許多書頁還用膠帶黏住，孩子一字一字、一圖一圖反覆閱讀，充分吸收，後來進小學、國中時，還常用到小百科所學，對學習成績很有幫助。

記得有一次帶他們去海生館參觀，解說員問大家：「海龜跟陸龜有何不同？」當大眾低頭不語時，居然有個小孩舉手了，小一的兒子不疾不徐地站起來說：「根據達爾文的進化論，主要在於腳的不同，陸龜的腳長期在路上走，所以蹼就退化了，無法在水中生存。」初生之犢不畏虎，不覺得自己年紀小，勇於發表的精神讓我也佩服了。

我也陪他們看了許多繪本，常帶著兒子搭公車到信誼基金會附設的兒童圖書館借書。因為環保因素，我不希望看完的書，在他們長大後就被丟掉，因此選擇每年付費一千元，就可挑選國內外各式各樣的童書回家閱覽。

圖書上細膩的圖案，每一本書的插畫風格不太一樣，但布局內容都非常用心，每一頁都像一張劇照，充滿了劇情，時而溫馨熱鬧，充滿親切的氣氛；時而懸疑詭譎，充滿故事的張力。每每帶領讀者進入不同時空，有時是遙遠古老的歐洲，有時是熱鬧的江南水岸，有時是甜美的美國南方莊園，插畫及文字中皆能見到作者用心，讓每一本圖畫書就是一個奇妙的世界，連我也沈醉其中，愛看極了！

先生偶爾在睡前為孩子念些童話書，誇張的語氣及動作，常逗得他們哈哈大笑，要爸爸「再來一次、再來一次」。一同閱讀，是親子間最甜蜜的相處時刻，一如當年我坐在氣喘吁吁、汗流浹背的父親身旁，一同觀看愛國電影的美好時光。

我喜歡給孩子玩可以多種組合的玩具，讓孩子自由發揮想像力。

選擇

認真工作，日復一日加班，身體漸感疲憊，這就是我要的生活嗎？為了讓家庭經濟更寬裕，當時的我如大部分父母一般，認為這樣的生活別無選擇。

親愛的孩子，你們現在的年紀已經不需要大人哄睡了吧？我猜，甚至還會貪睡得捨不得起床呢！可是你們知道嗎？剛出生的孩子，想睡的時候有時還會發脾氣，非得大人抱起來輕輕拍著胸口、輕撫著背部，配上溫暖的聲線輕聲哄著，才會心甘情願地闔上他們靈活的小眼睛。

還記得兒子剛出生時，我每天晚上都要輕拍著他的胸口哄睡。有時要拍很久，拍著拍著就成了一道律動分明的節拍，像是在敲木魚一樣，藉由單純不變的節奏，將一股股希望、期待以及祝福，透過我的手灌注給最親愛的孩子。

兩個孩子陸續出生，我白天專心照顧孩子，晚上投入工作，雖然工作有時間壓力，而且辛苦，但我對自己心理建設，將生活與工作分開不互涉，因此能從容陪伴孩子成長，並細細品嘗與他們相處的溫馨點滴。

記得有一天早上起來，我看見一朵用拖鞋做的花，那是兒子將拖鞋一隻一隻插在裝奶粉的粉紅色圓盒裏，作品甚是繽紛美麗。

還有一陣子，我天天教兒子數阿拉伯數字。反覆耐心教導之後，覺得似乎可以驗收成果了，就把兒子喚過來，告訴他：「從一數到十給我聽，快！」

只見兒子呆愣了一會兒，似乎是在思考，終於張口時，卻是不斷說著：「從一數到十、從一數到十、從一數到十……」

這下子換我呆愣住了，這……似乎也沒有錯……

同樣可愛的思維邏輯，發生在某一年的母親節。那晚我正在洗碗，兒子朝著我跑過來，認真謹慎地對我說：「媽媽，母親節快樂！」接著回過頭，喚女兒的小名說：「咪咪，你要記得跟媽媽說母親節快樂。」當時女兒正忙著逗弄魚缸的兩條魚，於是慢條斯理地回過頭來對我說：「媽媽，母親節快樂！」

然後像是突然想到什麼，她又補充了句：「媽媽，你也要跟我說：『咪咪節快樂！』」孩子的童言童語，時常逗弄得我滿心歡喜！

現在還能回憶得如此清楚，實在是因為有本《寶貝日記》，這是我處理完孩子瑣事後，利用他們入睡的短暫片刻，記錄下的有趣語錄。在往後的日子，猶如打開時空記憶的百寶盒，孩子們由小到大都喜歡我念《寶貝日記》給他們聽。

但日子未必是一成不變，這樣平凡又穩定的生活模式，因為一個決定全部改變了。為了打拚經濟，我決定離開原本的工作，轉而投入另一個全職領域，不僅工作時數拉長，常常從白天忙到黑夜，一度甚至連自家客廳都奉獻出來作為辦公地點。

印象深刻的是，一度忙不過來，孩子也難能抱在手臂上細心呵護，將就取來乾淨的厚紙箱平鋪紙板，地上變成嬰兒床與遊戲墊。我的眼睛盯著電腦、移動滑鼠，腳邊躺著幼兒，偶爾得逼自己分心，將視線稍微移向孩子，看他們還能情緒穩定，再拉回注意力專心工作。

工作與生活緊密結合，這樣的經驗不是沒有過，只是當時我的角色不是母親，而是一個孩子。

走往熱鬧的武昌街，無論是古典的明星咖啡廳，又或者是香煙裊繞的城隍廟，這裏曾陪著我度過大半童年時光。將時光往前推移五十幾年，城內騎樓下，父親曾在此白手起家，擺攤賣豆漿。

擺攤生意地點靈活，但也並非合法，攤販必須眼觀四面、耳聽八方，遠遠見到警察來，就得趕緊把椅子收到推車上，奮力地朝著陰暗巷弄快速推去，以免被警察追上開罰單。

起跑瞬間，一疊疊磁碗湯匙彼此碰撞，發出輕脆令人心驚的聲響，一桶清洗碗筷的水劇烈晃動，幾乎要潑灑出來；木桶裏熱騰騰包飯糰用的糯米還算沈靜，只是那一鍋滾燙沸騰的豆漿，常常濺出來燙傷父親的手。即使燙傷的手紅腫一大片，父親仍持續磨豆漿、賣豆漿，沒有一天休息，他要是休息了，家裏幾張嘴，該如何餵養？

推著沈重的一車吃飯家當，每天倉皇逃警察躲巷弄，警察走了再推出來賣，一碗豆漿淨利不過幾毛錢，只要運氣不好，被警察抓到一次，賣的錢其實都不夠被罰的錢。

婚前父親生活過得輕輕簡簡，一個人倒也無所謂，有時候豆漿沒賣完，回家途中就送給貧困者，需要補充營養的老人、病人或是小孩多的家庭。

婚後隨著孩子陸續出生，家計吃緊，父親在漢口街找到一間歇業飯店，成為理想的店面兼住家。

興建於一九五八年的武漢大旅社是一棟三層樓建築，大廳有豪華的迎賓階梯，在圓山飯店、國賓大飯店尚未興建的年代，一度是全臺北最豪華的旅店，然而僅僅營業一年就因刑事案件被迫關門。

飯店業者後來將房間一一租售，武漢大旅社就此成為一個個家庭的落腳處，其中一戶就是我們家。

印象中那個家很小，沒有單獨衛浴，上廁所得從後門經過左拐右拐的走道，聞著說不出的各種怪味道，才能到達幾百人共用的陰暗廁所。那條路對孩子而言，充滿恐怖和許多不好的聯想，要上大號只能提起勇氣，上完後就趕快跑回家。至今，我彷彿還嗅得到那一路的霉味。

為了省錢，父親找來昔日的軍中同袍，在原陽臺的位置，用角鋼和木板為我們幾個姊妹搭起雙層床和淋浴間。由隔壁延伸過來貫穿床下的細長水溝，不時有鄰居洗澡、洗衣的水流過，雙層床邊釘上一塊簾子，簾子內就權充浴室。

哥哥的房間搭建在倉庫上，下層擺放製作豆漿、飯糰用的黃豆和糯米。大姊最令我們欣羨，父親特地為年紀較大的她，在樓梯夾層敲打出一處閣樓閨房，我們都很羨慕她有一個完整獨立的房間，點上一盞黃燈，溫馨極了！但長大之後，大姊才向我們吐苦水：「那裏蚊子很多，從木板夾縫中鑽上來，而且冬天冷得要命，夏天又熱到不行！」

又小又簡陋的家，每逢颱風來襲，老舊的玻璃窗被怪獸般的風吹得砰砰作響，每次颱風天，我們都怕窗戶會被吹破，屋子會被整棟吹走。

父親在住家樓下租下一處店面，店面不大，旁邊巷子搭起廚房和儲藏室，以現代來說是違章建築，不過在那個年代，只要沒有人檢舉，也不礙著通行，大抵也就通融了。

環境克難，卻是一家安身立命之處，溫暖充滿愛的小窩。

父母全心投入工作，除了賣豆漿，也賣燒餅，早餐時間過了，豆漿店瞬間變成母親的自助餐廳。暑假時我們不用上學，可以幫忙做生意，店面甚至還會擺起麵攤，工作與生活密不可分，是家，同時也是做生意的地方。

母親曾在一次家族聚會中陷入回憶，她悠悠地說：「那時早上起床，眼睛一睜開、腳落地那一刻開始，處處都需要花錢，喝一口水、漱個牙都要花錢。」

為人父母總是如此，擔起全部經濟重擔。孩子上小學時，我與先生選擇轉換工作跑道，不也是為了讓孩子過上更好的生活嗎？

孩子漸漸長大，懂得觀察以及分辨，兒子一度童言童語問我：「媽媽，為什麼你不像同學的媽媽都可以在家煮飯？如果以後我有太太，我希望她可以在家煮飯。」

我聽了心裏堆滿酸楚，自己認真投入工作，日復一日加班，身體漸感疲憊，可是我真的想要這樣的生活嗎？

但為了讓家庭經濟更寬裕，當時的我如大部分父母一般，認為這樣的生活別無選擇。

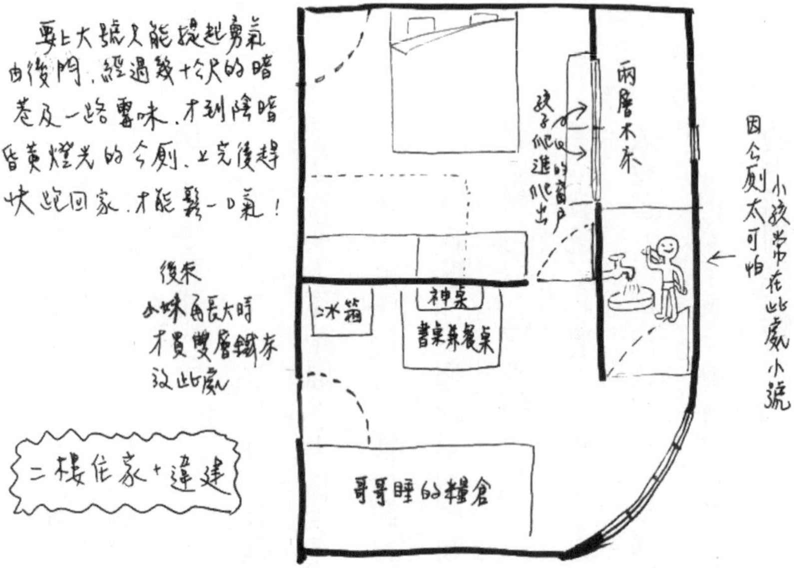
要上大號又能提起勇氣
由後門，經過幾十公尺的暗
巷及一路霉味，才到陰暗
昏黃燈光的公廁，上完後趕
快跑回家，才能鬆一口氣！
兩層木床
孩子爬進爬出的窗戶
因公廁太可怕
小孩常在此處小號
後來
小妹甫長大時
才買雙層鐵床
放此處
冰箱
神桌
書桌兼餐桌
二樓住家+違建
哥哥睡的糧倉

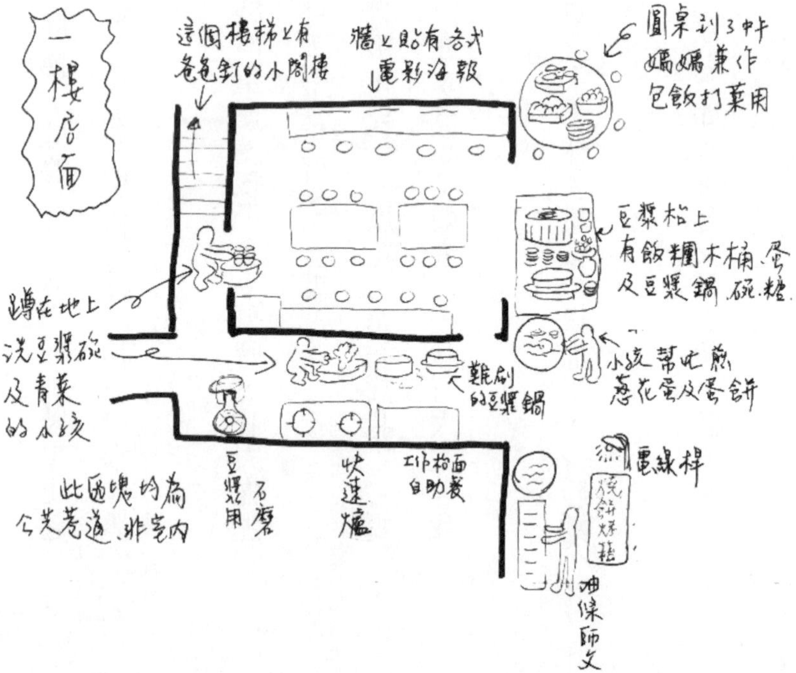
一樓店面
這個樓梯上有
爸爸釘的小閣樓
牆上貼有各式
電影海報
圓桌到了中午
媽媽兼作
包飯打菜用
豆漿枱上
有飯糰木桶、蛋
及豆漿鍋、碗、糖
蹲在地上
洗豆漿碗
及青菜
的小孩
難刷
的豆漿鍋
小孩幫忙煎
蔥花蛋及蛋餅
豆漿用石磨
快速爐
工作檯面
自助餐
電線桿
燒餅爐
油條師父
此區塊均為
公共巷道、非室內

輯二 — 重新找回自己

哪裏出了錯？

曾幾何時，抬頭望天的心不再開闊，心裏開始有了焦慮與憂愁；在被工作與生活壓得喘不過氣的日子，我不再享受這一絲生活上的小確幸。

親愛的孩子，你們喜歡抬頭望著天空嗎？或者更喜歡低頭看3C產品？奶奶可喜歡抬眼望望那日日都有不同變化的天空，無論晴雨。

上班時，我很珍惜從自家步行到辦公室的那段路；午休外出時，我常常抬頭尋找、貪看著不同時段的天空，看看老天又要帶給我什麼樣的驚喜？若是湛藍的天襯著充滿活力的陽光，我就會在心中放一首喜歡的旋律。下班時，望見幾棟大樓縫隙中黃昏的天空，夕陽襯著雲朵，橘色與藍色的組合，我什麼也不想，將心放空，一路上癡癡欣賞。

我喜歡城市的天空，因為抬頭往一堆高樓大廈望去，縫隙中的天色是唯一的大自然，看那綿綿的雲彩襯著藍空，是我一日最放鬆的時刻。但曾幾何時，抬頭望天的心不再開闊，心裏開始有了焦慮與憂愁；在被工作與生活壓得喘不過氣的日子，我不再享受這一絲生活上的小確幸。

有一回，我跟孩子談零用錢的事情，兒子告訴我：「我不記得您給我多少零用錢，卻記得您為我做的蛋炒飯的滋味！」

這句話讓一幕陳年回憶浮上心頭，那是小小的我，對著父母忙碌的背影不解地說：「你們都忙得沒有時間陪我。」

記憶中，父親的豆漿店一直很忙碌。聽他說，初做豆漿生意時抓不到竅門，備量多寡難以拿捏，當時冰箱昂貴不普及，辛苦磨好的豆漿賣不完，隔天就會餿掉，「後來我就想，不如將剩下的豆漿用冰塊冰起來，第二天還可以賣冰豆漿，又是不同風味！」父親笑瞇瞇地說起自己的好點子，眼裏都是光采。

有了自己的店面後，父親陸續添購了一些器具，販賣項目增加為鹹甜豆漿、燒餅油條、鹹甜酥餅、蛋餅、蔥油餅。早餐店十點左右結束營業，母親看準附近公司機關多，開始有意做包飯生意，自助餐兼外送，從中午、晚上做到消夜。

當我一邊上班，一邊照顧兩個兒女，常常忙得像只陀螺時，就會想起當年的父母，並且疑惑又心疼地想：「他們要一邊帶著五個兒女，還要從早餐一直做到消夜，休息時間哪裏來？」試想當年父母的心情，再比對自己，不難想像父母當年需要比我們這一代更努力。

那時，母親一早騎腳踏車到中央市場買菜，再奮力載著上百臺斤蔬菜回來。後來中央市場改建搬至河邊，那裏是上坡路更難騎車，有一次母親載了滿車的菜，下坡時煞不住，連車帶菜的力量全壓在她身上，造成脊椎重傷，自此之後，才改叫三輪車幫忙載。

自助餐生意由母親帶著炒菜師傅，在店旁巷子違章建築裏一手包辦，好手藝很快受到客人的青睞，外送生意尤其興隆，父親特地在腳踏車釘上有格層的木板箱，方便置放飯菜。那個年代還不流行紙盒、塑膠袋，客人需要幾人份都是用白瓷盤盛裝，需得小心翼翼地騎車運送。

父母辛苦賺來的錢，很捨得花在孩子身上，卻捨不得自己花用，出門總是自己帶水，吃飯時看到挖空的飯鍋邊黏著飯粒，就用熱水沖下來吃，一點也不浪費。即使如此，父親有時看到報紙上報導貧苦人家，會拿錢要我去郵局匯款給他們。父母的自助餐店也常暗中幫助貧困學生，在他們的便當中多加飯菜。

兒時回憶湧上心頭，長大了，自己也開始為小家庭奮鬥加班，驀然回首，才終於懂得那時父母不是不願陪伴我們，只是他們已經忙到沒時間睡覺，更還有一個個明天要努力。

父母曾語帶感恩地對我們幾個孩子說：「當時我們忙得沒時間管你們，還好你們很乖，都沒有變壞！」這時的我笑著回應他們：「我們每天看你們忙成那樣，哪裏敢變壞！看你們那麼勤儉，哪裏敢亂花錢？」

如今角色轉換，我成了無法陪伴孩子的母親，成了在忙碌中能睡上一覺就感覺幸福的女人，工作旺季時要加班到半夜，只能激勵自己：「還好我有好的身體，沒大毛病，有工作可以忙就是有福氣的人！」

長年加班拚搏，壓得我喘不過氣來，未盡到母親職責所帶來的困擾，我直覺生活沒有不對，但不知哪裏出了錯，我不快樂，卻找不到出口。望向曾經能帶給我一絲愉悅的天空，不斷自問卻找不到答案。

這時我又想起父母，兩老退休後，一輩子辛苦終於可以開始享清福，但沒多久，他們覺得每天吃飽睡、睡飽吃、看電視、出國旅遊，只是個人享福的日子並不是他們想要的，人生應該還有重要的事可以做，於是他們投入志工行善的行列。

父母因緣際會傾全力護持慈濟，找到生命的新方向，並帶領我們做志工，加入環保回收。我也開始尋找一些為社會人士開設的課程，安定自己的身心靈。

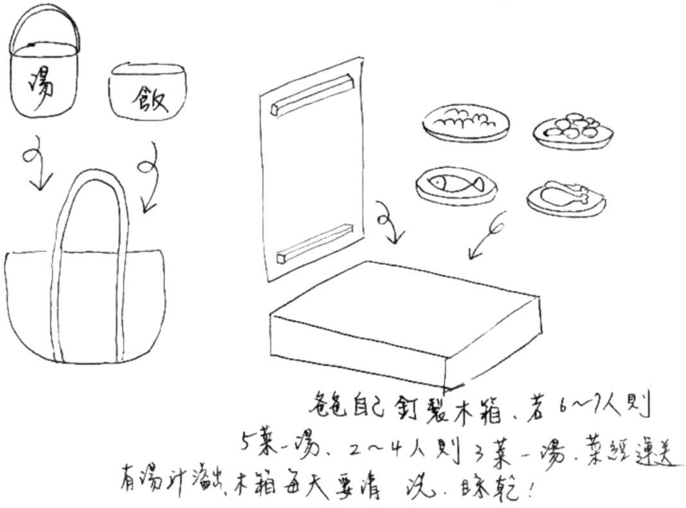
湯
飯
爸爸自己釘製木箱、若6~7人則
5菜一湯、2~4人則3菜一湯、菜經運送
有湯汁溢出，木箱每天要清洗、晾乾！

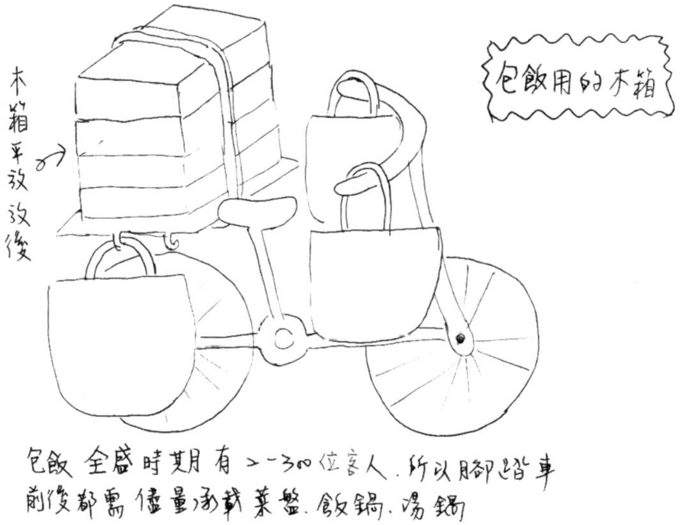
包飯用的木箱
木箱平放放後
包飯全盛時期有2~300位客人，所以腳踏車
前後都需儘量承載菜盤、飯鍋、湯鍋

我想去自助旅行

這是我給自己的四十歲生日驚喜，要親自去西班牙才能拆開禮物。家有幼子又想獨自出門旅行，這是個不一般的夢想，但不想當怨婦，就要有所行動！

親愛的孩子，你已經辦妥護照了嗎？如果沒有，趕緊請爸爸、媽媽帶你們去申辦吧！相信奶奶，那本護照能帶你翺翔的世界，可比教科書寬闊多了。

結婚後，你們的爺爺曾對我說：「你這麼愛玩，我很頭痛！」我想了想，回應：「你這麼不愛玩，我也很頭痛！」

他總說我是個愛做夢的人，而且還是夢不醒的人。也許吧！一般人可能做理性的夢、工作的夢，但我想往內也想往外探索，雖說如此，直到四十歲，我才勇敢踏出第一步，如今想來實在太晚了。

在我們這個年紀，大多數人旅行都是跟團，在旅行社的安排下，帶上行李，跟著走就是了。然而我要說的是，最大費周章，同時也是最迷人的——自助旅行。

人生中第一次的自助旅行，是不愛玩的先生一手規畫，憑仗著讀過一點日文，就帶著我們出發了。

我們打算給兩個孩子一個驚喜。偷偷替他們辦好護照，也整理好行李，卻告訴他們：「爸爸、媽媽要去日本玩幾天，好好享受兩人時光。」他們的反應既失落又不平，巴望著我們改變心意，我們只是一次次笑著回絕。

出發那天清晨，先生調皮地架好攝影機，鏡頭對準兩張熟睡的小臉，而我負責搖醒他們。兩個孩子睡眼惺忪、一臉莫名其妙地起床，我笑著告訴他們：「走吧！要上飛機了！」

兩個孩子還不明所以，直到我說：「要帶你們一起去日本！」他們混沌的腦袋才清醒過來，驚訝得張大嘴。婆婆在一旁好笑地看著他們，貼心提醒：「還不趕快換衣服，要來不及了！」

兄妹倆這才從床上一躍而起，動作敏捷，不一會兒就已經整裝就緒，平常可沒見過他們這麼俐落呢！

當我將護照交到他們手中，他們像是取得稀世珍寶，一頁一頁仔細地翻著、摸著，兒子露出滿足的笑容，雙眼閃著光彩，喜孜孜地說：「一滿足。」

入關後在機場候機室，我替孩子跟玻璃窗外的飛機合照，笑問他們：「那麼現在是幾滿足呢？」

他們雙手比出勝利的手勢，異口同聲說：「二滿足！」

當時我們經濟尚不寬裕，卻想給孩子留下美好回憶，因此採用自助旅行完成家庭旅遊。自助旅行得自己來的事細數不盡，如抵達後，沒有專車接送到飯店，只能拿出旅遊書慢慢對照日文和漢字，確認交通路線，徒步去搭乘公共運輸；也因日本物價對當時的我們來說實在太高，吃飯只能觀望著最一般的餐廳，或選擇便利商店的飯糰打發一餐。

異國異地的一顆簡單飯糰，兩個孩子猶如品嘗山珍海味，一口一口極其珍惜地吃著，一點怨言也沒有。還有一回，我們在便利商店買了幾盒冷麵，卻找不到位置，只好坐在河岸邊冰冷冷的石頭上吃，但兩個孩子卻吃得津津有味，還開心地說：「真是太滿足了！」

當我們在上野車站準備搭車時，天空突然降下雪花，未曾看過雪的兩個孩子興奮極了，忍不住驚呼：「雪！下雪了！」一小片雪花落在女兒長長的睫毛上，她瞪大著眼睛捨不得眨，就怕一眨眼，雪花就掉了。

幸逢難得的四月雪，我逗著他們問：「那麼，現在是幾滿足啊？」

兩個孩子開心地從一滿足、二滿足、三滿足，一路直直數到十滿足，高興極了！

有一次用餐，鄰座是一對棕髮白皮膚的外國人，我們很快就攀談起來。原來他們是姊弟，弟弟因故幾乎全盲，「我的夢想是帶著他環遊世界。」姊姊向我們解釋，盲胞的旅行最重要的不是透過雙眼看世界，而是用「心」感受：「一路上我用語言跟觸覺，讓他透過想像或實地觸摸來體會這趟旅程。」

當時，我由衷地感佩這個姊姊的勇敢，心想：「一個人來到亞洲就已經不容易了，何況還帶著一位視力近趨於零的弟弟？」

這趟日本行，就在孩子的歡笑聲，以及這對姊弟留給我們的溫暖中結束了。我跟先生很快又進入沒日沒夜的加班型態，看似生活一切回歸「正常」，但這趟旅程卻對我們的生活起了微微的發酵與變化。

例如在箱根旅館的早餐，托盤上所有的食物都搭配著精緻小巧的容器，看來美味又可口。因此回臺後，我選擇延續這分記憶，在時間較充裕的假日早餐，和孩子一起用各色杯盤盛裝各種小食與飲品，開始營造柴米油鹽之外的生活美學。

好一陣子，我在工作上盡力、配合孩子與家庭生活作息的平凡日子裏，多了些不同的色彩——回憶在日本旅遊的人事物以及一切美好，生活因此多了些動力與精神。

此時，我也開始上「氣機導引」課程，張良維老師授課除教功法外，也傳遞更深入的東方哲學思維。他直白坦率的言語，一開始我並不能完全接受，但總有幾句話如雷貫耳，漸漸激發我檢視習以為常的生活模式，開始尋找自我。

老師說：「練功的人，要感受生命力！」「父母的ＤＮＡ改變，孩子的ＤＮＡ就會改變！」我不理解，ＤＮＡ不是藉由懷孕傳給孩子的嗎？既已生產完，如何影響改變呢？但反觀爸媽因做志工而更有活力，他們的生命力確實在改變中！

一日下班，我在捷運車廂裏，百無聊賴地觀察車廂旅客，一張張眼神呆滯、表情木然的臉，找不到一絲神采，近乎是沒有生命的容顏。當下我回過神，赫然問自己：「難不成現在的我，也是同樣的一張臉？」

雖然我喜歡我的工作，但每天行走的路線都一樣，走到相同的十字路口，等著相同的紅綠燈，每天中午吃相同的便當，這一些反覆再反覆，「你難道想要一直這樣過下去嗎？」我自問著……

另一方面，我不想當怨婦，與其一直鬱悶，不如有所行動！我必須要突破與改變某些事情，我想要放鬆婚後因各種角色緊繃的身心靈，於是靈光一閃大膽做了一個決定，「我要去旅行！」

從那刻起，我的心中開始感到快樂……去哪裏的答案也很清楚，就是去西班牙。

幾年前看了一場展覽，介紹被譽為「上帝的建築師」西班牙建築師安東尼．高第（Antoni Gaudí i Cornet），高第的建築理念深深吸引著我，看過展覽後，我對這位建築大師更加崇拜，不斷想著：「如果可以親眼看看他的作品就好了。」另外我也十分好奇，是什麼樣的一個國家，培養出他這樣的人才？

高第的作品多位於西班牙巴塞隆納，有七件被列入世界遺產，其中一張建築草圖更成為重建紐約世界貿易中心的主軸概念。

巴塞隆納曾被美國《國家地理雜誌》評選為「五十個人生必遊的景點」之一，在那裏，不僅能一飽高第的建築群，還有許多中世紀遺留下來的建築物，因豐富的特色建築，而獲得英國皇家建築學會頒發「皇家建築金獎」。據聞，這是此獎項至今為止，第一次頒給整座城市而非單個建築。

除了建築，西班牙也孕育了畢卡索、米羅、達利等藝術家，我迫不及待想親身走訪。「就去西班牙吧！」再次確定了前往的目的地，但另一方面，心裏又陷入天人交戰——

「孩子還小，我這樣拋夫棄子好嗎？」「上有長輩、旁有妯娌，他們會怎麼看呢？」「雖然有年假，但工作有一定的進度要執行，旅行回來後勢必又得沒日沒夜地加班。」「孩子會怎麼看待我這個媽媽，我這樣會成為壞榜樣嗎？只顧著玩而不顧一切……」

此外，語言也是問題。我的英文能力實在有限，英文數字只會從一數到十二，要到西班牙旅行是否是天方夜譚？

各種糾結讓我裹足不前，但很快的，心中另一個念頭浮起，大聲地反駁這些掛念，「我都快四十歲了，平時工作也很認真，值得慰勞自己！」語言能力不是最大的問題，出發的動力是「膽識」。

我想給自己這份四十歲的生日驚喜，但要親自去西班牙才能拆開禮物。我知道，家有幼子又想獨自出門旅行，這是個不一般的夢想，但是「有快樂的媽媽，才有快樂的小孩」，想要看到不一樣的風光，自然必須有千山我獨行的魄力。

就這樣想定，但是我沒有立刻啟程，足足花了一年時間籌備，因為我選擇的又是一條艱困的道路，那就是自助旅行。

旅途中，車窗外的一景一物、遇到的人（如白人姊姊與盲弟），都讓人留下深刻印象。

中年學習之路

「為孩子少安排一堂課，為自己多安排一堂課」，照顧孩子同時也照顧自己，在工作、家庭之外，有重新學習和充電的時空，才更有心力去經營生活。

親愛的孩子，想玩的心一但興起，就如同洪水成災，一發不可收拾，我想你們這個年紀，應該很能懂得奶奶說這番話的感受。

可是你們知道嗎？當年沒有智慧型手機，網路又不發達，自助旅行沒有想像中簡單，不是像逛個夜市、打場籃球那般容易，沒有足夠的決心和毅力，就只能淪為腦中的一場青春夢而已。

你們或許會問：「奶奶，你何不跟團就好？一來有得玩，再者也省事多了。」我何嘗沒有動過這個念頭，但是很快就打消了，理由很簡單，我不想在導遊給的有限時間下，匆匆瀏覽那些藝術大師的作品。

印度詩人泰戈爾說過一句話：「我剛到這個地方時是個過客，但我離開時已是一個朋友。」這句話扎扎實實地敲動我心，去西班牙這座城市，我想以慢速認識與欣賞這位新朋友，為了這分自由與自在，我知道自己別無選擇，花了足足一年時間籌備與規畫。

某日乘著下班還早，鑽進書局，雙眼緊盯旅遊專區，尋找最新、資訊最豐富的西班牙旅遊書。那天走出書店，手上沉甸甸三本書，一是詳細圖解的工具書，一是圖文並茂的雜誌，還有一本是抒情散文，三種類型書籍穿插閱讀，交叉比對，引領我進入那個遙遠國度。

光看書還不夠，有些訂房資訊或是導覽預約，仍得親自上網登錄當地網頁。一片英文字海中，手上的翻譯機按了又按，仍無法通盤理解，好幾次在先生和孩子都入睡的寂靜夜晚，獨自一人坐在電腦前奮戰。

除了資訊繁雜，另一個讓我陷入膠著的是金錢。

當時事業正起步，手頭並不寬裕，自助旅行若控制不好，可能會更花錢，但該怎麼聰明地省，我卻是毫無頭緒。

正在苦惱之際，從網路上看到師大社教開設一堂有趣的課，名為「小錢遊世界」，專門教授如何用少少的錢，去自助旅行。這堂課的開設，為我在困頓中點亮一道光，期末功課便是運用所學策畫一趟行程，這不正是我最需要的課嗎？

繳了便宜的學費，我為了能「好好地玩」，開始了一段重返校園的時光。

第一次上課時，丘引老師看著都是社會人士的學生們，語帶鼓勵地問：「有沒有人自願當班長？」

霎時，我想起兒子初入小學時，和老師第一次見面就沒頭沒腦地問：「老師，我能不能當班長？」突如其來的要求，讓老師和我當場愣住，身經百戰的老師率先回神，笑笑地說：「好，很好，不過還是要等全班表決喔！」

腦中憶起這可愛的一幕，讓我也勇敢舉起手來承當。學生時代，我都是默默躲在角落的，如今有這分勇氣，實在是因為無所隱藏才能真心學習，我是認真地想靠自己的力量去旅行。

從此之後，陷入新的一輪緊張。身為班長，我必須提前準備上課事宜，下班、擠公車、胡亂吞了晚餐，抵達教室後，借音響、投影播放等設備，再準備一杯熱茶放在老師的講桌上。

有一段時間，先生到大陸出差，課堂休息時間，我還要衝到樓下排隊打公共電話，問上學的兒子和上舞蹈班的女兒是否都已平安回家。

老師上課很靈活，分享許多親身經歷的趣事與方法，鼓勵大家勇敢出發，不要畫地自限，也不要自己嚇自己。面對最擔心的語言問題，聽完課程後我體會到：「語文不好不是最重要的事，美國人都會講英語，但他們也不是人人都敢去陌生國家自助旅行啊！」

老師也提到，旅行時敞開心懷，不必擔憂麻煩來報到。她認為，自助旅行難免會遇到突發狀況，她自己就有一回因為行程出錯，不得不夜宿火車站，「其實這很正常，在那裏你可以看到，所有旅人把行李用大腿夾緊，躺下就睡，這樣也能過上一夜！」老師說，她在遇到困難時，反而精神奕奕，眼睛發亮地面對變數。

老師是一個相當有活力的人，而且很酷！有次她在課外活動時，示範如何吃到免費的午餐。那次我有事沒去，事後聽同學說，老師帶大家去某名廟一日遊，上午先在周遭享受大自然山水之樂，中午則享用寺廟供應的免費午餐。午餐用畢，老師主動與廟方說：「為感謝您們的招待，我和同學們就來唱首歌以為答謝。」

一曲唱完，賓主盡歡。離去前，廟方提議：「你們下午還有行程，怕你們會餓，這裏還剩了一些包子，不介意的話，帶在路上吃吧！」

老師盡想些旅遊怪招，省錢的方法並非占便宜，而是誠心與陌生人交朋友。一回，我們到蘇澳附近進行兩天一夜遊，那是一個一天僅有兩個班次公車的小站，老師一位友人的小木屋別墅很久沒去住了，因此他大方地告訴老師：「如果不介意的話，你們自己打掃，我也不收錢。」

我們一進屋，滿屋子厚厚的灰塵，空氣中飄著霉味。但十幾個人打掃完後，就是一個舒適的棲身之所。

在老師身上，我學到想要四海為家，就要學會和陌生人打招呼。老師交給我們一個困難的功課，「從今天起，你們每天都要對五個陌生人微笑，包含每天上下班擦身而過、多年來視而不見、熟悉又陌生的路人，彼此破冰。」老師對著我們笑，我們則回以尷尬的笑容，心想：「這該有多難啊！」

但是老師做起來，卻又相當簡單。

那天，我們十多人摘了園中野菜、下了麵條，吃了一頓總計五十元的午餐後，悠閒地散步到海邊的小學，大夥兒零零散散地以大字形躺在校園高處，邊晒著太陽，邊遠眺海天一色的海岸。就在這愜意的當口，工友走了過來，老師即刻起身與他打招呼，並客氣地告訴對方：「阿伯，你在這麼漂亮的地方工作，真是太有福氣了。」

老伯咧嘴笑著說：「我們學校圖書館是木地板，暑假時都會有學生來借住，你們要住，事先說一聲就可以，裏面還有冷氣呢！」

就這樣，只消一句話，我們又有了免費住宿的備案。

這堂課讓我受益匪淺，逐漸累積能量朝著自助旅行的夢想前進。曾有朋友問我：「你是個職業婦女，蠟燭兩頭燒，要顧及工作和家庭，怎麼還有時間去上課？」

是啊！明明時間不夠用了還去上課？特別是每週五下班後，身邊的人正要放鬆度週末，臨上課前真的很掙扎，但每次下課後的充實、篤定與鬆沈，身體不會說謊，它給了清楚的答案。老老實實上課，時間久了，我真實體會到人必須在家庭及工作中另有學習或出口！

氣機導引開發「新身體空間」，肢體不協調的我，身為習慣指揮別人的主管，重新作學生，需要放下身段，以謙卑心學習。過程中一次次自我突破，要自己再撐一分鐘、再撐一分鐘，同時也要放鬆再放鬆。

經過持續學習，身體猶如磁碟重整，下課時漸漸不會累，而是精神飽滿、喜悅。後來課程教到中丹田——「心法」，深深影響了我，老師要我們打破原來的觀念，這些話我漸漸聽進去了，原以為身體運動只是四肢發達的刻版印象，但張老師的氣機導引確實蘊藏實用入世的人生哲學，也讓我在後來的親子教育上敢於大膽嘗試、實驗及放手。

許多父母為栽培孩子，一週當中有很多天要接送孩子上各種課程，深怕孩子輸在起跑點，然而孩子在忙累之下，不見得每堂課都有好的學習效果，父母工作之餘兼顧接送，其實也累壞了！

我想，當父母的人可以換個做法，「為孩子少安排一堂課，為自己多安排一堂課」，照顧孩子同時也照顧自己，在工作、家庭之外，有重新學習和充電的時空，才更有心力去經營生活。

朝西班牙出發

出國旅行帶給我全新的感受，身心滿足後，我也意識到人生的順序或許可以翻轉一下，何不現在就跳脫既有的生活模式，飛出去看看世界，看看人生會有什麼不同？

親愛的孩子，你可知道，在一萬多公尺的高空，和上天非常接近的時候，是怎樣的心情？奶奶告訴你們，那就像處在零下四十三度的氣溫，會讓你的腦袋格外清新。零下四十三度的窗外，有著各種層次的藍，這是站在地面上無法看到的湛藍深邃；雖然看上一回這樣難得的「藍色祕境」，必須花一筆機票錢，但是絕對值得！

籌備整整一年的時間，我終於前往心心念念的西班牙。當飛機起飛時，從滑行、飛升，一直到穿過雲層時的抖動，再到平穩飛行，我的心一直處於飄飄然的狀態，我，終於要出發了！

這趟十六小時的飛行，必須屈著身體，遷就狹小的機位，睡不成睡，夢不成夢，昏暗的機艙，有時氣流起伏就像雲霄飛車，然而我卻將這樣不舒服的旅程幻想作搭乘「時光機」，載著我飛離熟悉的東方小島臺灣，飛到未來，飛到未知的西方世界。一般人避之唯恐不及的長程班機上，探索的心如同踢起一塊石頭，那上升再落下的弧度宛如彩虹，感受到心有多大，世界就有多大。

想起準備過程中，很多事情都令人抓狂，令人想放棄，但因為藏有興趣，所以能忍受一次次挑戰；因為懷有熱情，就能克服。我為自己找了兩個旅伴，一個是交心的好朋友，另一個則是在背包客網站上徵得的同伴，因為我的英文能力不足，找到會英文的旅伴總是比較保險。

就這樣，我找到一位旅遊老手。雖說如此，我一樣認真看資料、看地圖，能處理的事都盡量自己處理。後來兩位旅伴因為太忙，沒做功課規畫路線，也沒有任何準備，這下可好，全程都照著我安排的路線走，我想去的地方，全都能去了。

想當然，自助旅行的頭兩天絕對是混亂的，找住的地方要花半天，腸胃適應食物要一、兩天，等到第三天，一切就順手順心了。

那一年，我要過四十歲生日，正巧也是建築大師高第的一百五十歲冥誕，從未開放的建築作品「巴特尤之家」順應開放參觀，非常幸運地能在整棟建築物內內外外仔細欣賞。

巴特尤的外窗是以骷髏頭為靈感，卻古典優雅，內部樓梯扶手彷似恐龍脊椎，而天井特製的藍瓷磚更是絕美，每一處都超現實卻又很典雅。高第雖然身處馬車年代，建築設計卻不設限地穿越古今，我不禁讚歎：「這才真的是天馬行空！」

雖然旅遊書我已仔細研讀過無數次，多年來有關高第的展覽，我也都仔細看過，對每個作品如數家珍，但實際到了奎爾公園，卻不是我原來想像的，坐在號稱世界最長椅子的真跡上，這是立體的，多面向的，只有親身經歷才有自己的感觸，才是活的。

而最讓人覺得不可思議的，莫過於高第最著名的作品「聖家堂」，預計要花一百五十年以上的時間才能完工。在這極為漫長的建造時間中，曾有人疑惑地問可能看不到成品的高第：「聖家堂的工期未免也太漫長了吧？」只見高第心平氣和地回應：「我的客戶並不急。」而他口中的客戶，就是上帝！

他的慢工與細活，讓聖家堂成為舉世聞名的教堂，而高聳獨特的建築設計更為人所興歎。在聖家堂裏，你不會看到有任何一個直線，據說那是因為高第從小就患有風溼病，不能和其他孩子出去玩，臥病在床的他將所有心思寄情於大自然，也因此發現，自然界並不存在純粹的直線，這樣的發現讓他在成人並選擇以建築設計作為行業後，設計上力求自然，作品中幾乎看不到直線，而是採用充滿生命力的曲線。他曾這麼說：「直線屬於人類，曲線屬於上帝。」

聖家堂外觀是傳統的歐洲教堂，繁複細膩地雕刻著聖經故事，但教堂內部卻很現代化，白色十幾層樓高的柱子布滿中庭，每一根柱頭猶如樹節挖去部分樹枝再往上生長，營造出整片森林的景象，中庭上方雖是室內卻有部分鏤空，可由不同角度透進天光，就像在天國一樣的氛圍。

朋友沒有買任何紀念品，而我猶豫了一下，還是買下多本沈重的攝影集及安達魯西亞音樂光碟。回國後看到關於巴塞隆納或西班牙的介紹，我也會把書買下來。奶奶把所有去過的國家當朋友，樂於在旅行歸國之後繼續了解他們的點點滴滴。

親愛的孩子，如果你有機會一探聖家堂的雄偉，你就可以明白，為何奶奶站在聖家堂前，會如此讚歎！

在西班牙那十八天，我喜歡安靜地看風景，有時是世界遺產，有時是大師作品，透過心與眼去交流，靜靜享受其中的古今對話。

自助旅行絕不輕鬆，卻是學習之旅，即使做足了功課，我們還是在途中發生被騙錢的「意外」。去西班牙之前，有一天在報紙上看見一則新聞，標題幾個大字聳動地寫著：「臺灣醫師逛街，手上勞力士被搶。」事發地點，正是西班牙的馬德里。心理壓力頓時襲來，迷路事小，人身安全事大！

看著我猶豫的模樣，姊姊最後禁不住直白地說：「你放心吧！你根本不具備被搶的資格。」是啊！看著自己全身上下，名牌沒有，錢包也不夠厚實，確實不必擔心。

旅途中，我們會記得最美好的風景，也會記得那些特別的地方，然而自助旅行的突發狀況，愈是棘手麻煩，卻是後來印象最深刻的地方。我曾被一位馬伕騙錢，回國後我將此事投稿到報社以提醒其他背包客，不僅賺到一筆稿費，剛好補足被坑的差額，更好笑的是，事發當時我們為了把話說清楚，情急之下把會的單字都用上，英文突然變好了！

照著幾個月來苦讀資料策畫的路線，格拉納達、達利美術館、奎爾公園，雜誌照片上的印象，一一真實浮現眼前，可摸可聞，可遠觀可靜思，一路而去。回想出發前的嚴謹認真，讓我體會到「認識危險、了解危險，才能避開危險」，因為事前做足功課，詳讀旅遊書，避開鬧區觀光景點，很多地方都能安心放鬆地玩。

跟團旅遊只能是蜻蜓點水地玩，自助旅行則像是在「生活」，在市集慢慢逛、慢慢買菜，有感觸的地方就待久一點。雖然大大小小的事都要自己處理，但經歷了就會比較有感觸，細嚼慢嚥和囫圇吞棗絕對是大不同！

回到臺灣，有時在相同的雨天，相同的溼度，想起那個異鄉的早晨，涼涼的、冷冷的，彷彿回到相同的時空，一剎那間開啟許多創意與靈感。

我和好友都很珍惜這趟生命探索之旅，在西班牙，我們放下了家庭主婦、媽媽、太太、女兒、媳婦的角色，變成一個沒有牽絆的少女，只有一顆探索的心。處在截然不同的世界，彷彿回歸為一張白紙，可以重新感受，沒有包袱，單純作為一個人的追求，原來生活中的承擔與責任，在這裏可以完全放開。

女人在四十歲時是一個關卡，生活忙碌，孩子還需要人照顧，蠟燭兩頭燒的職業婦女身心俱疲，還可能有經濟壓力，生活中雖然也有點小確幸，但就是不對勁。這時候會想要找出口，我的媽媽走入宗教，而我選擇探索生命。

有時不是外在的輿論，更多時候可能是自我否定造成了阻力，不想走出舒適圈，結果繼續鬱悶埋怨。常聽到有女人這麼說：「我這輩子為了這個家，付出了青春，付出了所有！」但家人並沒有要她這麼做，也沒有要她放棄自己的夢想。

學習「氣機導引」多年後，六根的覺知也被開發了。人們慣用眼根判斷世界，但耳可聽、鼻可聞、舌可嘗、身可觸、意可守，六根全用上，就是用心在當下。或許眼根有障礙，雖然少了色，仍然可以專注在香味觸法，更是無限寬廣的世界。

再回想日本偶遇姊姊帶盲弟出遊那一幕，才體會盲弟其實是透過聽人們以日語交談的聲音起伏，聞到隨風飄來陣陣的櫻花香，或是嘗到味噌拉麵的滋味，或是電車上人們擁擠的碰觸，來感受這趟日本之旅。我們合照中，盲弟略歪著頭尋找鏡頭的方向，那一臉燦爛笑容，如同我在西班牙六根全開，細胞彷彿吸足一整年的氧氣般喜悅。

這一趟西班牙之旅，讓我有重新再生的感受，身心都滿足了！同時我也意識到，人生的順序或許可以翻轉一下。

人們總認為，成長的過程，必須一關關地通過考試，小學、中學、大學，學業結束之後就必須進入職場，緊接著成家立業，等孩子都大了，從職場上退了下來，再考慮是否跳脫既有的生活模式，飛出去看看這個世界。但為什麼不能先看看世界，然後再念書，看看人生會有什麼不同？

遊歷西班牙回家後，我又花了三個月時間整理旅途中值得珍藏的記憶，將圖片、文字、票根、隨手拿的景點簡介，剪剪貼貼、細細分類，製作成兩大本遊歷手冊。

每天下班後、做完家事，我就在這剪貼中重溫在西班牙的一切，做完功課的兒子、女兒好奇地靠在我身邊，看我在做什麼，一個母親在做自己喜歡的事，我覺得這也是一種身教。

收拾好旅行用物，期望未來，我能出發又回來，出發又回來，不斷為自己添薪增糧，儲存面對生活的能量與智慧，勇敢地在細瑣的生活中，好好為自己而活，真正當一位快樂的媽媽！

我的旅程總是在出發之前就開始神遊，在回國後也不會結束。但又如何呢？有夢才不會老啊！孩子，你們呢？心裏是否有快樂的事與夢？去吧！勇敢做夢吧！

旅行護身符

西班牙美男計 馬車費暴漲

⊙文／冷莉萍．攝影／汪元芬（三重市）

今年6月，我們三個女生在西班牙自助旅行18天。旅途中來到南部安達魯西亞的大城——塞維爾聖十字街內的大教堂。

教堂旁有人招攬坐馬車遊景點，一趟收費才歐元「Sixteen」（16元），約500元台幣，不貴喲！

路途中馬車伕「安東尼奧」（見圖），是位標準帥哥，他和善地用英文介紹景點，語言不算全通，但氣氛融洽。40分鐘的行程結束時，卻向我們索價60歐元！

sixteen是16，sixty是60，經過一番比手畫腳，最後以40歐元達成共識。

事後我們詢問其他馬車伕，結果３人都不約而同從座墊下拿出一張制式價格表，上面清楚印著30歐元。

哎，希望大家都學到經驗：錢一定要用共通的阿拉伯數字寫下！

將旅途中值得珍藏的記憶，用拍的照片、寫的文字、拿的票根與景點簡介，剪貼分類，製成檔案。

輯三 —— 輕輕放開雙手

廚房遊戲

家事訓練，不應該設限學習年齡，只需要花點心思、換個方式，相信無論是摺衣、煮菜、洗碗，他們都津津有味地想幫忙。這時，千萬別嫌孩子「愈幫愈忙」。

親愛的孩子，現在的你們會做家事了嗎？如果會，還記得你們是從什麼時候、在什麼樣的情況下，開始第一次做家事呢？當時的你們，是懷抱著遊戲的心情，或是心不甘情不願的心態？

有一回我到朋友家作客。當大人們吃完飯聚在一起閒聊時，只見主人家的小女兒不過學齡前年紀，矮矮的個子搆不到水槽，拉來一張矮凳小心翼翼地踩上去，就開始仔仔細細地刷洗碗盤，那模樣，好似臺灣早年的童養媳。見我一臉驚訝，小女孩的母親反倒輕鬆自在地說：「孩子想學，我就教她，她洗得很開心呢！」

我想起自己小時候，家裏開店，放學後或是休息日總是得幫忙。洗碗、洗菜時，我們動作不夠利索，自以為洗得仔細、水沖得久，母親卻急得大叫：「葉菜都快被你們洗爛了！」

此外，我們課餘也在豆漿店學習煎蔥花蛋、蛋餅和幫忙打雜，其餘家事，父母疼惜我們面對聯考壓力，也就沒有特別教。剛結婚時，不諳家事，讓我適應地有些辛苦，所以想從小就訓練孩子們的家事能力。

看見朋友的小女兒那般從容快樂地洗碗時，心裏相當震驚，「洗碗對她而言，就是一場真槍實彈的扮家家酒！」那麼，或許我也可以這樣訓練兩個孩子做家事。

回家後，我嘗試讓學齡前的兩兄妹洗碗，想不到他們開心極了。能碰到一摔就破的碗盤、接觸到搓洗就能冒出濃密泡沫的洗碗精，還可以打開平常被禁止開啟的廚房水龍頭，是多麼盛大的一場遊戲饗宴哪！

我笑瞇瞇看著女兒站在小板凳上，小小的身體倚著流理臺洗著碗盤，嘩啦啦的水不停地從水龍頭裏流出來，她則是細細搓著、洗著，邊邊角角一點也不馬虎，雖然她洗一個盤子的時間，我大概就能將整個碗槽的髒碗盤都洗淨了。

婆婆在旁邊看了直皺眉，說：「他們又洗不乾淨，這樣你等一下還要全部再重洗一次，浪費水；若是不小心把碗盤打破了，不是替自己找麻煩嗎？」

教一個幼稚園的孩子洗碗筷，甚至洗炒菜鍋，比自己來洗更慢，也要花數倍的力量及耐心陪伴與鼓勵，但善用他們這個年紀的好奇心，洗碗盤對他們而言不是做家事，而是一場遊戲。

藉此培養孩子的觀察力、理解力，學習生活基本技能，在他們的小手可操作的範圍內學習，有了分工合作的參與感，更能建立孩子的自信心，也讓親子享受共事的樂趣，不也挺好？

我對婆婆說：「您自己九歲就會煮飯做菜給全家人吃，不也是慢慢磨練出來的？人人都有無限潛能，要給孩子機會才能激發出來。」

婆婆成長於清寒家庭，九歲就被訓練得會煮飯做菜。六十年前沒有方便的瓦斯爐及大同電鍋，煮一頓飯可不容易，全要靠自己生火起灶，也沒有方便的自來水，得自己挑水。但是在那樣的年代，這樣的事情見怪不怪，再小的孩子也得負擔家事。

雖說時代不一樣了，但婆婆也同樣訓練過自己的孩子做家事。孩子們，你們的爺爺曾跟我說，小時候他放學回家第一件事情，就是拿起抹布、提桶清水，仔仔細細地將家裏的地板都擦乾淨。

「當時我媽媽很嚴格，擦過的邊邊角角，都還會用手指慎重滑過，如果有灰塵，就得全部重擦。」他笑說，雖然身為男孩子，但他小時候該做的家事可一件也不少，拿針線縫衣服更是信手捻來，難不倒他。

我認為，每個孩子都該學習做家事，因為你生長在這個家庭，習慣做家事、分擔做家事，是權利也是義務，不論未來是單身或結婚，都有自愛愛人的能力。啟發孩子生活的潛能，將來要用時就會機靈起來。

家事的訓練，不應該設限學習年齡與男女性別，而是需要花點心思、換個方式。

一天下班回來，精疲力竭，想著還要進廚房揮汗煮出一桌晚餐，還沒動手，心就已經先累倒投降了。此時靈光一閃，「為什麼一定都要由我來煮？不妨讓孩子煮煮看！」

我將心中想法告訴一雙兒女，他們的反應如我所料，開心極了！

當然要讓他們下廚，我心裏還是有掛礙，因此明訂操作標準，「不可以用爐火，也不用烤箱，你們唯一的工具就是電鍋。」

我從書架取下一本食譜，要他們從中找自己感興趣的電鍋菜，依食譜操作烹調，並加了但書，「你們還得善用冰箱裏的資源，檢查有否可用或替代的材料，如蔥、菜、醬料，這樣就不必重複買而浪費，食材也能乘新鮮用掉；不足的我們等等再上超市購買，但你們一人只有一百元可以買菜。」

兩個孩子興奮極了，他們一起翻著食譜，花了好一會兒的時間，終於找到他們自覺「很厲害」的菜色，接著打開冰箱，確認有什麼現成的食材可以運用。我在一旁只是看著，等他們確認好可用食材以及不足的材料，我才拉著他們的手去附近的超市採購。

在超市裏，他們興奮得一蹦一跳，兄妹倆一起討論，計算採購的食材金額，發覺可能超出預算，還會向對方請求：「我超過五塊錢了，你那裏還有剩嗎？」看著他們扳起手指東加西減，一堂數學課就此展開，過程中還懂得細看保存期限以及成分。

兩個小腦袋有模有樣地精明盤算，回到自家廚房後，兩張嘴、四隻手，偶爾各自為政，偶爾同心協力，忙亂中學會組織與調配。

「你先切菜，水槽先讓我洗菜。」「你那個菜要先燙過吧？等我一下，我這裏弄好再跟你一起燙，這樣比較快。」

兩個孩子在廚房小小的走道上走動、動作，頓時覺得家裏廚房真是小，他們一轉身就會碰到彼此。兩個小主廚手忙腳亂地為自己人生第一道菜而努力著，嚷嚷叫叫的，廚房霎時變得好熱鬧。

我站在廚房外稍稍闔眼休息，偶爾將頭探入廚房，確認他們的操作是否安全無虞。

過了好一會兒，距離平常晚餐時間已超過許久，但沒人喊肚子餓。只見兩個小主廚終於完成各自的料理，一臉滿足地端上水果沙拉拌麵以及清蒸什錦丸子。吃著自己的料理，成了美食評論家，「這個麵條的軟硬度剛剛好！」「我的蒸丸子滿好吃的，不過打開電鍋時我有小小失望一下，怎麼縮得那麼小，食譜上的圖片明明看起來很大！」

看著他們臉上因為興奮而紅潤光彩，因為忙亂而發熱流汗的額頭，身為母親的我，心裏好驕傲，嘴裏吃的，滿是幸福。

一篇文章提到，日本有對夫妻共生了七個男孩，年齡由幼稚園到高中都有。男孩正值成長期，食量大極了，但這個家庭卻不常外食，媽媽每週也只需要煮三天的飯即可，令人好奇的是裏面蘊藏著什麼祕訣呢？

原來這對夫妻有共識，家務不只是媽媽的事，他們訓練每個孩子到了四歲之後就要學習做家事。煮飯的部分，夫妻倆在廚房設計上盡量寬敞舒適，安排一週四天由不同的孩子負責煮飯，父母在旁邊很悠哉地聊天；其餘三天因為孩子有社團活動，才由媽媽煮飯。

這樣的安排出現了用餐樂趣，每個孩子烹調的方式總是不按牌理出牌，餐桌上總有不同風味的菜色變化；父母樂得輕鬆，孩子做得起勁，也更有成就感。其中一個孩子還因廚藝絕佳，常被邀請到朋友家煮給阿姨、嬸嬸品嘗，大家都像參加派對般，看著小男孩在廚房煮飯，然後很快樂地一起品嘗，讚不絕口！

學齡前孩子的世界還小，也很單純，整天就是圍繞著爸爸、媽媽，因此無論摺衣服、洗碗，他們都津津有味地想幫忙。一般人嫌孩子「愈幫愈忙」，殊不知這是教育的黃金期。

還記得兒子一歲多時，乘我摺衣服時搶去一隻襪子，我就鼓勵他：「那是襪子，你要不要自己練習穿襪子呢？」兒子看著我，再望向手中的襪子，有模有樣左扭右拉地讓襪子固定在自己腳上，完成之後，對著我笑得好得意。每次我做什麼事，他總要插上一腳，摸一摸也好，要不就是坐在我和報紙間近距離湊熱鬧。

那段極其珍貴的相處時光讓我意識到，當他什麼事都想參與的時候，只要把握孩子好奇的心，給予讚美肯定，認真看待他小小的手能幫的小忙，就能成就他大大的滿足。

王美霞的《臺南過生活》一書中提到「莉莉水果店」的李大哥，畢生用熱情分享水果藝術。他說：「果子是活命的樹，神的真理活自我們的內心。」輕聞果香彷彿天地綻放的芬芳！慢嚼果味，猶如大地乳汁與蜜糖；形色香味，如音樂旋律與節奏，這是「神的恩典！」

我願自己放慢速度，在有形的家事中「由忍受、學習接受到享受」，和孩子在生活中「領受、體會、感恩」生命的寬廣！

一般人總嫌孩子愈幫愈忙，殊不知做家事可以促進孩子手腦並用，還能培養他們的責任心，所以不妨從簡單的家事教起。

祖孫食譜

親愛的孩子，延續廚房遊戲，奶奶也幫你們準備了好玩、好吃又安全的「祖孫食譜」，讓你們一起享受廚房樂趣。

1. 南瓜湯：南瓜切塊、蒸熟、打成泥，分裝冷凍。使用時，將熱水、南瓜泥、青菜、豆腐、起司等放入湯鍋，用電鍋熬煮。

2. 豆漿：非基改黃豆加水熬煮，再分盒冷凍。食用時取出退冰，以果汁機加冷開水打成豆漿後冷藏，孩子食前再用電鍋加熱。

3. 麵包：家中常備酵母、奶油、麵粉、糖為基底，咖啡粉、果醬、葡萄乾、牛奶等可任意搭配。孩子可在睡前備料，按食譜將食材放入麵包機中，第二天起床，熱騰騰的麵包就出爐了。

4. 三色蛋：取幾顆雞蛋打散，放入抹少許油的容器，加入切碎的皮蛋、鹹蛋，以醬油、麻油調味，放入電鍋蒸熟。

5.優格：使用優格機，一瓶鮮奶加上一小包菌種，搖勻放入容器內，插上電源，第二天起床就有溫熱滑順的優格吃。可依喜好加入自製果醬或水果。吃不完的放冰箱，還可再吃。

6.壽司：小黃瓜切條，以一比一的糖醋醃製後，將適量糖醋水倒入蒸熟的飯攪拌，取適量壽司飯鋪在海苔皮上，放上小黃瓜、蛋皮和香鬆，捲成一捲，再切小塊。

7.燉飯：洗米後加入食材，如洋菇丁、起司、洋蔥丁、奶油、番茄丁、鹽巴等。有人放入泡芙一起燉煮，居然也很好吃。

8起酥點心：起酥片加上切片鳳梨、蘋果，對折黏合放進烤箱。

9.蜂蜜檸檬愛玉：在水中搓揉愛玉子，至呈黏稠狀即可，靜置凝固後，擠些檸檬汁，加些蜂蜜，就是酸酸甜甜的一道點心。

10.水果盒：食材要多樣化，顏色要多樣化，家中常備多種水果，配色配的漂漂亮亮，吃起來看起來更開心。

我不要有個萬一

要放開緊牽著孩子的那雙手，並不容易，但為了這個「萬一」、那個「萬一」，弄得大人小孩得牢牢綁在一起，如何讓他們擁有自由翱翔的能力？

親愛的孩子，搭乘大眾運輸的時候，總有些人會大聲講話，讓全車的人不得不聽到他的談話內容。平凡不過的日常對談，總會讓我陷入反思，細細在心裏琢磨：如果是我會怎麼做？

有一回下班，搭上一班擁擠的公車，眼前一對母女正激烈對話，正確來說，是那位母親滔滔不絕地嚴厲表白，「我不要有個萬一……」公車上太擠，身邊的人只能被迫聽完她的話，她到底在怕什麼？以至於在大眾運輸上、眾目睽睽之下，也不願將這分嚴厲隱忍到回家再爆發。

「我們搬家就是為了你，家搬到離學校這麼近，就是不要讓你在上學途中發生意外。」那位媽媽不讓女兒有說話的機會，也不讓自己有喘息的時間，繼續說著：「我們這麼做都是為了你，你知道我們有多累嗎？你還不好好聽話，盡做些讓我們擔心的事情……」

我試圖用最不明顯、不被察覺的方式，將視線飄移到這位母親責備的對象，她的女兒大概中學年紀，面對母親沈重的語句只是不發一語，表情僵硬地背對著母親，在公共場合毫無抵抗力地背負這分沈重的愛。

古代孟母三遷的故事，說明環境教育的重要，這位母親為孩子搬家的起心動念也不得不令人佩服，然而方式值得商榷。

記得孩子快上小學時，適逢搬家，新家裝潢及添購家具時，我與你們的爺爺討論家裏要不要裝設電視。

我看過一部電影，李察吉爾和珍妮佛羅培茲主演的《來跳舞吧（Shall We Dance?）》，其中特別收錄的幕後花絮提到，在沒有電視的年代，人們的娛樂除了跳舞，還是跳舞，跳舞增加了人與人之間的互動，也是社會交際最重要的活動之一。

電視是最方便的娛樂，但卻是全身參與度最少的活動，即使大家聚在一起，頂多只是順應劇情搭上一、兩句話而已。因此我們夫妻一致決議：「搬家後，我們要少看電視。」至於該怎麼少看電視呢？訂出時間表，告訴孩子什麼時候該看電視，什麼時候禁止看電視嗎？

富有創意的先生想出了好方法，他買了一些木作材料，敲敲打打，為電視機特製了小推車，推車底部裝設輪子。這部裝有輪子的電視機，唯有假日時才被推出來客廳，其他時間都在另個房間黑著螢幕面壁。

孩子小學期間都是如此度過，但我發現不習慣的不是孩子，反而是我們大人。兩個年齡相近的孩子在一起，可以玩的事物很多，看書、聽童話錄音帶、玩「接接（積木）」、聊天，很多事情可以做。

孩子還小尚未定型，調教容易，反而是我們為了培養孩子養成好習慣，自己只能克制再克制，以身作則。這一招確實有用，孩子在家裏鮮少看到電視，不過當他們去巷口麵攤吃麵時，看著牆上不斷播映的電視，隨便什麼節目，都可以讓他們看得津津有味。

我們夫妻也明白，「為了孩子好」不代表事事都得掌握在我們手中，也不代表時時刻刻將孩子強拉在身邊才最安全，大人肯不肯「放」，並且願不願意花心思「教」孩子認識環境才是重要。公車上的母親花時間在煩惱及阻止意外接近，眼前的意外避得了一時，但是父母能掌握的範圍有限，豈能保護孩子周全一世？

兒子從小對課業知識反應靈活，女兒則是體能相當好。為了讓女兒能夠發揮長才，從中得到自信，從幼稚園開始，我就替她找了一間舞蹈教室，固定每週幾天幼稚園下課後，就到舞蹈教室練舞。

我不會騎摩托車，最初幾年都是由先生騎車載送女兒上下課。當時舞蹈班上有女兒同校的孩子，就住在我們隔壁巷弄，雙方家長有次談起接送問題，不知是誰先提議：「她們現在上小學了，兩個女孩有伴，不如讓她們試著自己搭公車上下課？」

這個提議，一致獲得贊同。但兩對傻瓜父母，嘴上說著要放手了，心裏卻緊張得要命，找了一天，我們查妥公車時間，實際將路程走了一遍，哪裏上車、哪裏下車，路途中哪一段捷運在施工，哪一段回程要穿越馬路，都仔仔細細標示下來，才帶著兩個小女孩重新走一次。所有的叮嚀一一沙盤推演，分析給她們聽。

頭一次她們要自己搭車時，我帶她們從家裏走到公車站，兩個小女孩有伴，吱吱喳喳興奮地等公車，我的心裏卻是七上八下。直到公車到站開車門，望著兩個孩子跳上車的背影，我還不斷說著：「記得要小心、注意紅綠燈、要走斑馬線，可別下錯站了！」結果兩個孩子頭也不回地上車，無聲的背影似是在回應我：「媽，我知道了！別擔心了！」

幾次見她們安全抵達上課地點，又平安回到家，我們才真正放心讓她們自己去上課，連去公車站的這段路也不必陪了。

有次我到舞蹈班去繳學費，櫃臺的奶奶一見到我，就拉著我說：「你真是勇敢，讓小學的孩子自己搭公車來上課。」

我笑著回應她：「他們上車發現沒有大人嘮叨陪伴，保證雷達全開，豎起一萬條神經，眼觀四面，耳聽八方，不會讓自己下錯站；孩子不是傻瓜，大人有自我保護的能力，孩子也是。」

櫃臺的奶奶肯定地連連稱讚，直說：「是呀、是呀，每個家庭的訓練真的很不一樣，有的已經國中、高中階段了，媽媽不放心還是每次都陪著上下課，而有的孩子，像你們，從小學就獨立了。」

成功讓女兒學會搭公車到舞蹈班之後，我們又設計了幾條路線讓兒子和女兒獨自搭公車，例如到外婆家、去重慶南路買書，那時手機並不普及，到達目的地的那通報平安電話是唯一的聯繫。孩子首次嘗試沒有父母陪伴，是難得的體驗，但對大人而言，無疑是一步步放手的訓練。

舞蹈班的事情讓我意識到，每個孩子都是能獨立的，只要我們先用孩子的角度去看，並帶他們嘗試過一次，再與他們一同討論防範之道，他們就有自由翱翔的能力。否則為了這個「萬一」、那個「萬一」，弄得大人小孩得牢牢綁在一起，孩子年紀再大，也學不會飛。

然而走過這個過程，我必須得坦言，父母要放開緊牽著子女的那雙手，還真不容易。

有次先生為了訓練孩子獨自搭捷運去找表妹，送孩子去捷運站並親眼看見孩子搭上正確路線的車廂後，故作鎮定揮手道別，緊接著卻如忍者般躲到下一個車廂，暗中保護及觀察。直到確保兩個孩子安全抵達，他才自己再搭捷運回家，還為自己神不知鬼不覺的跟蹤感到相當得意。

那天孩子們回家時，我順口問：「還順利嗎？」兩個孩子比出勝利的手勢，告訴我，他們今天一路順暢，並沒有搭錯車，也沒有迷路。接著，女兒拉著我低聲說：「不過，我似乎在另一個車廂看到一個長得好像爸爸的人耶！」

英文暖身操＋飛機上的地理課

如何讓孩子明白學習的可貴？如何讓他們自動自發快樂學習？我的方法是帶他們去玩！什麼？帶他們去玩，可以讓他們更用功讀書？有沒有搞錯？

親愛的孩子，上一封信我談到，對於「放手」這件事情，我總是不厭其煩地嘗試，讓孩子自己坐公車、搭捷運到親戚家，甚至在我必須留守辦公室加班時，就讓兒子帶著妹妹一起放學，並且拿錢到巷口小麵攤解決晚餐。

可是身為母親，每當讓年幼的孩子單獨行動，我的一顆心總是懸在那邊，無數個加班夜晚，心裏總是特別難熬。雙眼盯著電腦螢幕，耳朵卻時刻在注意桌上的電話，當兒子的聲音從話筒那邊傳來：「媽媽，我跟妹妹都回到家了。」才終於能鬆口氣，緊繃的神經也才放過那被緊箍著發疼的腦袋。

不過也是在那個時候，我又開始萌生瘋狂的念頭。

記得奶奶跟你們說過我的第一次自助旅行嗎？那一回在西班牙，還有一件令我印象特別深刻的事情。

在高第的作品奎爾公園裏，我坐在美麗的磁磚長椅上，聽到一陣陣清脆響亮的笑聲傳來，循著聲音望過去，原來是老師帶著一群大約小學的孩子參觀這座美麗的建築。

看著那群與我兒女年紀相仿的孩子，站在大師的作品中，實實切切上了一堂美學課，不禁生起欽羨的情緒，心想：「這群孩子真有福氣啊！好希望我的兒女是其中一員。」

回國之後，這個念頭總是不時跳出來提醒我，鼓勵著我不如再追夢一回！這次的自助旅行，我不再隻身前往，而是帶著孩子一起去。

因為孩子即將進入國中，無止境的考試等著傻呼呼的他，我如何讓他們明白學習的可貴？如何讓他們自動自發快樂學習呢？我的方法是帶他們去玩！什麼？帶他們去玩，可以讓他們更用功讀書？有沒有搞錯？

帶孩子自助旅行，並非單純玩樂，而是趟「學習」之旅，選在孩子小五升小六的暑假，安排自助旅行，有幾個原因。一來是十二歲前，機票可享孩童優待；二來出國自由行就像地理課、歷史課、英文課先修班，不只國中課程會接觸到，其實整個人生都用得到！

回顧自己當年全靠死背記憶的史地，若能改用親自行萬里路，應該更能印證萬卷書！將知識化為常識，這些國家的地形地貌、曾發生過的事蹟，其實離我們不遠，就在地球另一端！

行前，我設計了「英文暖身操」與「飛機上的地理課」。學習欲達最佳效果，最好的方法是啟發「興趣」！對於英文，與其苦口婆心訴說語言的重要性，不如讓孩子糗到、窘到、想到、用到、看到、聽到、感受得到！一個人大半個月處在英文字母的世界，才能開始腦力大激盪！

因為想要玩，必先在複雜的地鐵內，一站一站認地名；因為想要吃，必先研究菜單上寫些什麼？因為口很渴，必先找出飲料的英文有哪些，否則只能一直喝可樂。

我的英文不好，自助旅行經驗也僅有一次，一次帶兩個孩子出門恐怕有點困難，因此決定先帶年紀較長的兒子去。

希臘是我的首選，就在我們一起研讀資料一陣子，搞懂雅典神殿後，因為SARS風波，連電視臺去希臘取景都遭受歧視，就決定改去捷克。其他歐洲國家如英、法、德等國，物價高昂，不是當年的我可以負擔，基於不同城市進出機票費用相同，因此最後決定從布拉格進，維也納出。

「捷克？好妙的國家啊！傑克與仙豆中的傑克嗎？」兒子笑問著。是啊！順著我小學時收藏的一張布拉格照片，唯美神祕的印象，記憶宛如藤蔓般，要帶我們一路攀爬到未知的世界。

「媽媽明天就去買旅遊書。」我笑看著兒子，不忘補充：「你也要一起看書，一起做功課。」

最後，我們預計前往捷克與奧地利自助旅行十六天，那是一個相當漫長的假期，一個語言能力不好的媽媽，帶上一個才小學五年級的孩子，我們勢必得做足功課才行。母子倆埋首在旅遊書中，排出十六天的行程，玩也要玩得認真。

兒子總是看到什麼，就喜孜孜地指著書上的彩色圖片對我說：「媽媽，我想去這裏！」

我就會告訴他：「可以，那其中一天行程就讓你安排，安排好之後記得要查詢交通資訊，當天媽媽就什麼也不想，讓你帶路。」

小男孩一陣哀號，但很快拾起自信，埋首書中，試圖在眾說紛紜的各項資訊裏釐清交通訊息。

不一會兒，他又指指旅遊書，興沖沖地對著我喊：「媽媽，這家餐廳的東西看起來好好吃，我們可以去這裏嗎？」

我評估價格還算合理，也不是太難抵達的地點，就回答：「當然沒問題，但是你要負責點菜喔！」

這下小男孩可不服了：「我又不會講英文！」

那有什麼問題？媽媽安排的「英文暖身操」上場了！

這堂由我策畫的課程，還邀請女兒及姪女一起來，因為孩子多才好玩。選擇一個週末假日，我帶著三個孩子來到臺北火車站大廳，這裏是臺灣最主要的交通樞紐，同時也是英文資訊最完整的地方，我告訴三個孩子：「一個小時之內，你們必須在大廳裏抄十個英文單字回來，誰最快就有獎勵！」

我的包包裏帶著孩子最愛的養樂多飲料，幾個孩子聽了比賽規則全都摩拳擦掌，拿著紙筆就往四面八方衝去。臺北火車站的路標，大多都是中英文對照，要抄到單字並不困難，而我的目的就是藉此讓他們熟悉英文。臺北車站之後，我又找了個週末帶他們到松山機場，同樣舉辦抄單字大賽。這回三個孩子依舊全力以赴，抄回了更多的英文單字，例如抵達、通關等，開心地邊玩邊抄，邊抄邊背。

後來我帶兒子抵達國外機場時，他看到「ARRIVE」、「DEPARTURE」，就開心地抓著我說：「媽媽，我知道，那是『抵達』，那是『離境』。」到了街道上急著找廁所，他也能很快利用在臺北火車站抄到的「TOILET」單字，順利找到地方。

記得有朋友聽到我要帶孩子去自助旅行，直呼我簡直是犯傻，「現在學習競爭很大，很多孩子小學五、六年級就開始補英文，你不多花點錢帶孩子去補習，怎麼還浪費錢帶他去旅行呢？」

其實小五的兒子也曾向我反應：「班上有同學從幼稚園就開始學英文，我現在高年級了，英文都跟不上進度，我也要去補習！」

「這可是你自己要求的，補習費不便宜，你得好好學習哦！」

「沒問題！」因為是孩子自己爭取的，果然他在補習班相當認真，放學之後都努力在背《小學生必背的1000個英文單字》。

後來要上慈濟中學那年暑假，兒子發現小學同學都在上國一先修班，再度要求補習，這回我因為暑假剩不到兩週，馬上就要開學，不如好好休息放鬆，因此婉拒他的要求。脾氣一向溫和的兒子竟跟我大跳腳，直說：「哪有你這種媽媽？別人的媽媽都會送他們的小孩去補習，算了！那我就用自己的零用錢去補習。」

我本身從事美術設計，最排斥畫圖本子裏完全按照框線上色的方式，也不建議教學時大家畫一模一樣的東西。教育這件事情上，我也不認為補習是理所當然的，回想起自己的童年時光，我從小學就開始補英文與數學，白天上學，放學後匆匆吃過晚飯又得去補習班，根本沒有時間喘息，每堂課都上得心不甘情不願，這樣學習效果怎麼會好？

因此我不認為學習英文唯有補習、上課一途，我設定親子自助之旅為「學習之旅」，在國外講著使人發窘的英文的「情境教育」，讓孩子真正明白英文的重要性，未來就能主動學習。認識世界，在遊玩中、在求生存裏，逐步學習英文單字與會話，豈不是更有趣？

我們抵達歐洲後，英文暖身操並未結束，每天我都要兒子從街上、菜單上抄十個單字，並且透過翻譯機了解單字的意思。旅行到了後期，兒子已能看得懂幾成菜單自己點餐了。

這趟旅程，我們隨身帶著畫紙跟地圖，在十幾個鐘頭的漫長飛行上，座位前方螢幕不斷更新飛行狀況，顯示地名，黑海、基輔、聖彼得堡等。我要兒子參考螢幕上的顯示，再對照我特地帶上飛機的地圖，這些地名頓時變得有意義，而且就在我們的腳下呢！

搭機從空中俯瞰，印象大不同。我總是讓孩子坐靠窗位置，方便觀察，若飛行很久都是乾旱惡地，那可能是盆地或沙漠，對照螢幕提供的溫度、地理氣候資訊，比對地圖，地理課就這麼悄悄地在高空中展開。

回程班機上繼續「飛機上的地理課」囉！我鼓勵兒子畫歐洲地圖，第一次簡直是地理大搬風，移山倒海，我們笑成一團。慢慢的，「你看，你先畫出靴子形狀的義大利，最喜歡的德國應該在雞腿形狀的奧地利的那一頭……」兒子揣摩幾次，很快就能畫出一幅像樣的歐洲地圖。

我們一邊笑一邊畫，原來沈悶的地理課也能如此快樂！而讓孩子快樂地學習，本來就是我的初衷。

我們的旅程安排，盡量在每一處停留足夠的時間，我喜歡帶孩子融入當地人的日常，坐上公車、逛市集，又或是租腳踏車，在城市裏到處探險。看到新奇的事物就停下來瞧瞧，鼓勵他帶著一顆好奇心去發現這個城市的美好。

有一天，我們來到捷克卡羅維瓦利的一個泳池，驚訝地發現淋浴間沒有隔間，也沒有門，僅一堵牆隔開男女。牆上掛著一排蓮蓬頭，男男女女各自站在牆下進行沖洗，即使全裸也很自在，經過的人也很自然地往泳池走，一點兒也不尷尬。

又有一天，我們來到布拉格的廣場，那天遊客不多，我們得以慢慢尋覓一處視線極佳的地方，席地而坐，拿出水彩與畫紙將眼前的美景畫下來。看著兒子透過雙眼觀察細節，一筆一畫慢慢揣摩，我相信，即使離開這裏許久，這裏的景象也依舊能深刻地記在他的腦中。

孩子的世界除了學校的書本，更應該抬起頭來，直接感受真實的世界，因為真實的世界更大、更廣。

然而自助旅行不會一路順暢，偶爾我們也面臨突如其來的難關。原本只打算在布拉格停留三天，卻因為布拉格實在太獨特優雅，因此大膽決定再多留兩天，後面的行程也因此全部改變。

預訂搭巴士離開布拉格的那天早上，我們來到離巴士站還有一段距離的Ｂ１地鐵站，由於提著沈重的行李，我們直接搭電梯到地面，問當地人巴士站在哪裏？一陣比手畫腳，得知前往巴士站必須走樓梯到另一邊。於是我們又走回原來的地下鐵站，從另一邊的樓梯上來，繞了許久才找到售票亭。

等搞懂了車班時間，再回到售票口，一番比手畫腳，售票員仍不清楚我們的需求，心急之下只好拿出隨身的紙筆，上面寫著我們將前往的目的地，再畫一個大人與一個小孩。這下子售票員終於看懂了，很快將正確票種的車票遞給我，看著我這位帶著孩子的東方女性這般努力，還鼓勵性地對著我比了一個「讚」的手勢呢！

購買跨國境到奧地利的火車票，一樣用相同的方法買好車票。我在車站告示牌前詳細比對了幾次，確定無誤才前往月臺，到了月臺又詢問穿制服的工作人員，獲得站務人員肯定的表情後，才和孩子一同上車。當我和兒子上車找到座位，又再一次掏出車票請臨座旅客確認，一樣比比列車，比比手上的車票，得到肯定的表情，才能放下心來享受火車上的新奇。

旅途中的移動路線，最好能按著先前的規畫走，然而一路上總有許多事先無法預測的情況，也只能不慌不忙地面對；坐錯車、上錯飛機，是嚴重的大事，因此我會再三確認，謹慎地連問三個人以確保無誤。

那一趟旅程中，我讓兒子獨自安排了其中一天的行程，都是他想去的地方。那天我將腦袋放空，隨著兒子從旅館出發，準備前往維也納自然史博物館。眼前那顆小腦袋瓜戰戰兢兢，邊按著手上的翻譯機、看著自己在臺灣抄寫的筆記，幾番對照，謹慎小心地抵達公車站牌。上了公車，我放任自己盡情欣賞沿途風景，那平靜的街道、神聖的克蒂夫大教堂，以及滿是西洋神話雕像的各個車站，都令我神遊不已，而那個十一歲的小男孩，依舊盡職地睜大眼睛辨識正確的下車站。

那一天，他盡責且成功地完成了一整天的帶隊任務，也看到企盼已久的恐龍化石及令我們眼睛一亮的奇特魚種。我心想，哪天他若要自己往外飛，相信他也將不再害怕。

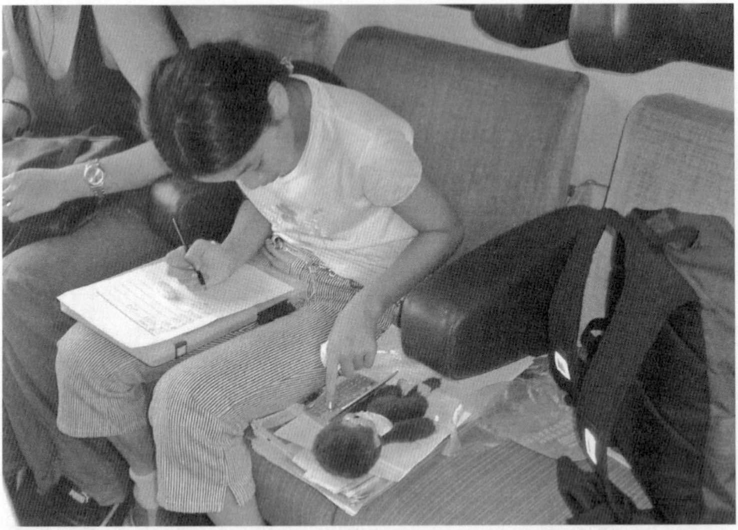

【旅途中的英文課】

出發前，帶孩子到火車站、機場抄英文單字，處在英文字母的世界，才能開始腦力大激盪！

【飛機上的地理課】透過座位前的螢幕，對照窗外各種地形以及手邊的世界地圖，拉近孩子和地名之間的距離。

【行萬里路的歷史課】

把孩子直接帶到歷史故事發生的場景，讓他們明白知識就在生活中，而不只是考試題目！

親子自助遊

一路上，我派給女兒不少開口說英文的任務。事後她告訴我，詢問處是一個考驗勇氣的教室，「可是對方聽得懂我在問什麼，讓我覺得好開心！」

親愛的孩子，還記得那位「小錢遊世界」的老師嗎？課堂上她曾講過一個故事，一次她帶著一雙兒女到國外自助旅行，根據行程安排，某日他們來到一個營地準備紮營。一般而言，紮營是大人的工作，但老師卻說：「我老早就訓練兒女學會紮營，一到當地就放手讓他們搭帳棚，而我則是輕輕鬆鬆地到其他帳棚串門子，去問有沒有什麼好吃、好玩的資訊。」

原來，當父母也可以動口不動手？也可以不必所有事情都自己一手包辦？

當下我把這件事牢牢記住，在我帶兒子自助旅行時，讓他自己安排其中一天的行程，一年後，女兒也滿十一歲了，這一次換帶她出國自助旅行，我也打算如法炮製。

上一次兒子自己準備行李，這一次我也讓女兒自己準備，僅告知旅遊的天數，「你得自己上網查看當地的氣候，規畫長、短袖衣物各需要多少；各類物品，像是語言翻譯機、盥洗用具、心愛的貼身玩偶等，要自己學著取捨、裝進行李箱裏。」

小小的她在房間走來走去，一會兒拿出幾件衣服，一會兒又收進幾件，一會兒拿出幾樣生活用品，想想又將其中幾件物歸原處，我在一旁靜靜看著，毫不干預。

出門之後，我更是放手讓她嘗試。例如在前往歐洲的飛機上，女兒告訴我，她很渴想喝水，我就告訴她：「你可以自己跟空姐要，相信她一定很樂意給你一杯水。」

小小的臉蛋迷惘地問我：「請給我一杯水的英文怎麼說？」

「May I have a glass of water, please?」聽她複誦一遍無誤後，我就催著她去問。

女兒快速解開安全帶，小跑步朝著空姐跑去，我在後頭看著她步伐愈來愈慢，相信她一定很忐忑不安吧！事後她告訴我：「我真的左右為難，想到要說英文就不知道如何是好，可是感覺口愈來愈渴，就只好鼓起勇氣上前去。」

她說離空中小姐愈靠近時，心裏就愈緊張，但是她不斷在心裏鼓勵自己：「冷靜、冷靜，再一下就過去了！」看著空中小姐，她說出了一路都在複誦的那句話：「May I have a glass of water, please?」只見空服員朝著她點點頭，很快就倒了一杯水遞給她。

當她拿著水回到座位，並喝了一口之後，抬眼笑瞇瞇地告訴我：「這杯水真好喝，甜甜的。」

「水的味道不是都一樣嗎？怎麼會特別甜？」我問。

小女孩認真地對我說：「因為這是我自己開口要來的，所以感覺特別好喝！」

這一次跟女兒出門，我邀姊姊以及外甥女與我們同行，我們去了更多地方，從德國、義大利、奧地利再到匈牙利，為期整整二十一天。一路上，我派給女兒不少開口說英文的任務與機會。

當我們來到奧地利的薩爾斯堡時，我在車站看到了詢問處，當下就想：「等等要去的地方離這裏不遠，我也知道該怎麼走，不如假裝不知道，讓女兒去詢問處問路吧！」

我教她簡單的詢問英文，只見女兒像在飛機上跟空服人員要水一樣，小嘴巴一路複誦，緩緩排進隊伍中，而她前前後後都是大人、背包客、商業出差人士，但其實好多人都跟她一樣嘴裏念念有詞呢！

終於輪到她了，她深呼吸一口氣，將我剛剛教她的英文一口氣念出來。只見詢問處的小姐對她溫暖一笑，並在她手上緊捏著的地圖上點了一個位置，以最簡潔的方式回答她的問題。

女兒回過頭來，對著我露出燦爛的笑容，歡歡喜喜跑回來，奔跑的速度旋起一道風，和著她的喜悅向我吹來。我蹲下身來，讚美她的勇敢，鼓勵說：「孩子！不要以為人小而退縮，只要讓自己試試看，小孩一樣可以完成很多事。」

事後她告訴我，她覺得詢問處是一個考驗勇氣的教室，「雖然要開口問問題很可怕，可是對方聽得懂我在問什麼，讓我覺得好開心，我，克服了所有的困難！」

如同上次要兒子背單字，女兒每天也至少要背十個在路上、菜單上或導覽簡介上看到的單字。

有趣的是，女兒喜歡的單字大多都是食物類，像是果汁、調味料、蔬菜等，問她為什麼，只見她天真地說：「我最喜歡看菜單，雖然英文大多看不懂，但我會專心去找認識的字，這麼一來，不只點菜不會錯，還可以讓自己多了解西方的菜色。」

女兒出發前，也像哥哥一樣熟讀旅遊書，問她最期待什麼，她竟然回答：「飛機餐。」真正上了飛機，幾度轉機過程，每一次的飛機餐都是最令她期待的，猶如她所說的：「飛機餐永遠是人間的極品，是旅途中的一大享受。」

我們母女倆在飛機上，一邊啜飲冰涼甜膩的果汁，一邊望向窗外的藍天，女兒告訴我：「這樣的氣氛真好，雖然沒有高貴的碗盤，沒有美麗的背景，但我覺得已經夠了。」

這番話讓我不禁回想起自己第一次坐上飛往西班牙的長途飛機，自我陶醉在空中西餐廳的浪漫情懷，真是母女連心哪！

這趟旅途，我也做了一個經過縝密思索的大膽決定。女兒每到新奇的地方，總喜歡四處繞繞參觀了解，所以在歐洲的火車上，我放任小學五年級的她和小學二年級的外甥女獨自到包廂外探索。火車停站時，乘客上上下下變數大、危險多，我絕不做此事，但火車開動後，到下一站還很久，在附近走走是安全的。

這個決定是對的，女兒回到車廂來時，冒險所帶來的雙頰潮紅與爽朗的笑聲，至今我都難以忘懷。

親子旅行中，除了規定孩子每天新認識十個英文單字，也好說歹說希望他們留下文章，將旅行的記憶留存成白紙黑字。回國後，看到漫長暑假裏孩子不時閒晃，我便再度開口：「既然現在沒事做，要不要寫寫文章，把旅行的趣事寫下來？」

女兒嘟起嘴回應我：「沒有靈感怎麼寫呢？」

那還不簡單！我馬上拿出在國外拍的照片，一張張翻看，一邊回憶有哪些特別的事、溫馨的事、驚險的事。有了照片輔助，孩子有了畫面與靈感，一篇篇可愛的文章陸續蹦出來，讓我得以孩子趣味的角度重新回味我們的旅程。

其中一篇〈得來不易的回憶〉尤其有趣——

可愛的小櫻桃掛在我們的耳朵上當作耳環，這就是我們在德國得來不易的回憶，因為偶然間的萍水相逢，一個點頭、一個微笑就交上了朋友！

只因為去問車票而碰見了他們，他們是一群很棒的華僑，本來只是請教怎麼買票，但是因為大家都是臺灣人，所以他們就熱情邀請我們到他們家去玩。

哇！哇！哇！我們一看到他們家都快樂昏了！是標準的歐式建築，簡直美呆了，在這座有如天堂般的房子，有著一片又一片的草地。

一進屋子裏，就發現一些跟臺灣不一樣的新鮮事物，而且他們的客廳出去還有一個後花園，我們常常在屋裏屋外跑來跑去，因為這些大大小小的事，實在太新鮮了！

對我們這些只知道課本內容的小孩，實在有說不出來的好奇。我常常在他們家逛啊逛啊，走啊走啊，因為我相信一定會有更新鮮的事在等著我去發現它。

他們一家人中，我最喜歡一位女姊姊，我們每天都玩在一起，有時畫畫圖、有時打羽毛球，或是塗指甲油，每天都玩到深夜才肯睡覺。

雖然有快樂的時光，但也有分離的時候，依依不捨地告別，揮著手說：「再見！」

看著這篇文章，實在有趣極了，孩子寫道：「我最喜歡一位女姊姊，我們每天都玩在一起。」「女」姊姊？真是可愛啊！姊姊本來就是女的啊！至於「每天」都玩在一起？我們其實只去一天啊！

出國旅行時，可以善用實際的場景，例如菜市場、餐廳、詢問處等，鼓勵孩子自行用英文去溝通，藉此培養勇氣、練習外語。

到花蓮念國中

「聽說花蓮慈濟中學不錯，要不要去試試看？」我正為孩子要選讀哪一所國中而煩惱，聽到母親的提議後，決定先帶孩子去一探究竟。

親愛的孩子，如果可以選擇的話，你希望自己在什麼樣的環境讀書學習？

世界上還有很多學校，看起來跟既定印象中的學校不一樣。一如我兒子跟女兒中學六年所念的學校，就相當特別，那是位在花蓮的慈濟中學，由佛教慈濟基金會所創辦的學校。

早年母親因為生活困頓，內心有許多煩惱，因此四處燒香拜佛，勤走廟宇參加法會，希望從中尋求心靈上的慰藉。但是常常出門一趟，連家裏的菜錢也布施結緣掉了，這時候家裏的飯菜就會變得很簡單，惹得父親很不高興。如此一來，惡性循環讓母親心裏更煩惱，她不時懊悔地想著：「出去拜拜，想消業，回家卻是如此造業，我這是何苦呢？」

有一陣子，母親常跑承天禪寺，曾問廣欽老和尚：「師父，人如何修行？」老和尚回答：「要布施、持戒、忍辱！」緊接著，給了母親更明確的方向，說：「你可以去花蓮，那裏有個師父在做救濟。」

母親一聽非常期盼，就邀當時大學剛畢業的我、高中剛畢業的妹妹一起拜訪花蓮康樂村的靜思精舍。

印象中，一般寺院的大殿總是金碧輝煌，但是來到慈濟靜思精舍的大殿，我們一行人都十分驚訝，樸實無華的大殿裏，只供奉三尊純白素雅的佛像，沈靜的人文氣息，令人感到非常寧靜。

精舍當時只有主殿，中庭屋頂還是鐵皮搭蓋的，作為集會、發放之處，因此我們聽法師講經，都是坐在戶外的小板凳上，上面只有一個遮蔽的天棚。後來父親帶我再次到訪，就在戶外聽著證嚴法師語聲輕柔的開示時，密密麻麻的小黑蚊也熱鬧地襲擊我的雙腿。

我癢得受不了，伸手撥弄時，父親輕聲提醒我：「不可以殺生，小黑蚊也是一條生命。」

當時我真是苦無辦法，只能消極地撥走小黑蚊，再任由牠們鍥而不捨地飛回來叮咬我。當天回到家，腳上約有上百個被叮咬的紅腫包。這是我對花蓮慈濟的第一印象，一堆小黑蚊！

但對父母親而言，卻是另一番體悟。後來只要證嚴法師北上講經，母親都盡量撥出時間去聽經，那時剛好法師想在花蓮後山蓋一座設備齊全的大醫院，需要龐大的建院基金。母親見證嚴法師開示時常說到哽咽，非常心疼不捨，於是力邀父親：「走吧！我們也一起幫忙師父募款、蓋醫院。」

此後，他們成為相當虔誠的慈濟志工，也皈依在證嚴法師座下。醫院落成之後，他們夫妻倆更時常攜手從臺北坐火車前往花蓮，到慈濟醫院擔任志工，替一些老人家按摩，並陪他們聊天，以排解病痛之苦。有次一位同鄉老人想自殺，多虧爸爸一直安慰陪伴才化解他的念頭，解救了一條寶貴的生命。

母親對證嚴法師猶如對親生母親般尊敬。記得有次母親跌倒，骨頭裂開，只能臥床休養，我們姊妹就合力將電視挪到房間內，方便她收看最喜歡的大愛電視臺。

某天晚上，法師開示的節目《人間菩提》要播放時，我們提醒她：「上人的節目要開始了！」躺在床上休息的母親馬上調整疼痛的身體，坐正聆聽，看到自己身上一身輕便服裝，又著急地說：「噢！這樣不好意思啦，我要趕快換件衣服再來聽上人開示。」由此可見其恭敬。

兒子小學五年級時，母親向我建議：「聽說花蓮慈濟中學不錯，要不要去試試看？」

「喔！好吧！」父母跟我說的事，聽的當下無論是否明白，我都會盡量去做，因為我深知父母疼愛子女，一定會把好的事物給孩子，所以不用等完全理解，不用先反對排斥，先做再慢慢體會就是了。

聽到母親的提議，正好我也在為孩子要選讀哪所國中而煩惱，因為一直以來，我都相當排斥孩子在只重考試的學校就讀。

「兒子，外婆建議你去讀花蓮慈濟中學。」

「啊！你是什麼居心，要把我丟到花蓮去？」

「這是外婆的好意，不然這樣，我們先去了解再決定好嗎？」身為父母的我雖然知道慈濟的好，但還是希望孩子自身有意願，於是決定先帶他去一探究竟。

我們報名慈中的一日體驗營。活動中，兒子非常認同老師的教學理念，也開始愛上這個學校，而我也是。

第一眼看見慈中校園，超出我的期望，在廣袤的綠地與山巒間，一眼望去盡是舒暢，讓我不禁想起多年前要幫兒子挑選幼稚園與小學時的情景。

那時，我先帶他到一所離家不遠的幼稚園參觀，問起教育方針時，只見園長拿著戒尺，驕傲地說：「這方面我們是精心規畫的，為了不讓孩子輸在起跑點上，孩子可以提早學會寫字、數學加減、心算……」我勉強聽完園長的教育規畫，就匆匆道別。

才幼稚園的孩子，因為手掌小肌肉尚未發育完全，並不適合提早書寫握筆等細微動作，我只求讓他們有寬闊又安全的場地盡情嬉鬧、奔跑、攀爬。後來只要是以教學作為招生口號的幼稚園，或是室內公寓型的幼稚園，我一概不考慮。

兒子要上小學時，我又是一番掙扎。那時，無意間看到一本遠流出版的書，李雅卿所著的《種籽手記》，內容介紹「種籽學苑」，是一所位於烏來泰雅族部落的實驗小學。

那本書我愈讀愈覺得有趣，學生可以自由選課，必修課程只有國文、數學，選修課程則是琳瑯滿目，表演、烹飪等，如果學生不想選課，可以除了國語與數學外都空堂，上課鐘響，也可以自己決定是否回教室上課，或在教室外自由活動；但若決定進教室就必須相互尊重，定下心來好好上課！

種籽學苑還有法庭，當孩子遇到不公正的事情時，可以召開法庭，聽聽不同孩子的論述，經由辯論取得正義……

這間學校完全打破我對教育的想像，我花了短短三天就將書看完，並且在失眠了整整一週後，決定親自去看看這所學校。

不去還好，一去我竟深深著迷，這個從廢棄小學改建的校園裏，有南勢溪的溪水潺潺流過，所有的家具都是舊而不破，也是一番特色。坐在圖書館的藤椅上，安安靜靜地吸著深山的清新空氣，我感到天地無限寬闊，內心回歸單純與恬淡。

後來雖然因緣不具足，孩子沒有就讀，但是種籽學苑的教育理念已在我心中慢慢發芽，也逐步地被我實踐在生活中。參訪完花蓮慈濟中學之後，我心裏又燃起當年參訪種籽學苑的熱情與感動，慶幸的是，深受感動的人不僅是我。

兒子也跟我有相同的想法，體驗營一結束，兒子毅然放棄之前錄取的幾間臺北私立學校，努力為慈中入學考試做準備。

同時，我想到若真能錄取，未來他將適應住宿生活，必須先學會獨立，於是告訴兒子：「不管有沒有考上，說明會中學到的好觀念——自我訓練生活能力，現在就可以開始，自己洗內褲、襪子，好嗎？」

兒子笑道：「這有什麼問題！」

放榜那一天，我們早上六點就守在電腦前等候，結果什麼也沒有，兒子只好先去上學。我繼續守在電腦前不斷刷新頁面，終於看見榜單上有兒子的名字，沒來得及等兒子回家告訴他這個好消息，他在學校已經看到結果，先打電話來我辦公室了。兒子在電話那頭歡呼大叫，我們隔著電話，情緒一樣激動。

因為提前一年就開始布局，兒子在生活上、心理上都已經準備好。離開家後的住宿生活，他相當適應。

在哥哥如願進入慈中後，我也展開妹妹的入學計畫。妹妹的個性要順著毛摸，不能硬逼著她做什麼，我每個月去探望兒子時，都會半哄半騙把她帶去，到了安全的慈中校園，更放任她自由探索。

妹妹由福利社開始走走逛逛，一路探訪了女生宿舍，甚至也認識哥哥的同學以及老師，一次次的探索了解後，她也漸漸喜歡起慈中，並默默地開始準備入學考試。當時她的小學老師還很訝異地告訴我：「這孩子從六年級開始，好像開竅了，竟然自己主動用功讀書。」

這就是我要的效果。我覺得好的，孩子不一定能體會，也不能一味地要他們接受，我帶著他們去，讓他們自己了解，自己做決定並去爭取。一年之後，同樣的場景再度上演，電腦放榜那一刻，女兒臉上喜悅的淚光，彷彿那是她一生中最重視的事！

花蓮慈濟中學位在中央山脈山腳下，擁有廣袤的綠地，環境悠靜，是沈澱年少氣盛心靈的好地方。

充滿人文的生活教育

在慈濟中學裏，最先吸引我的是看不盡也看不厭的大自然，在孩子實際入學之後，我卻為全體師長們無私的付出與愛心、形塑的人文教育深深感動！

親愛的孩子，或許你們很不解，我這麼愛兩個孩子，怎麼捨得讓他們才十二歲的年紀，就離開自己身邊到花蓮念寄宿學校？奶奶當然也有很多的捨不得，無數個下班夜晚，等著公車，心裏都在想著：「兩個孩子還好嗎？天氣冷了，有沒有多穿一點？習慣宿舍的生活嗎？」

孩子遠在花蓮，我的口袋裏再也不會出現這些小驚喜了。可是在熬過這些思念之後，每一次長假到來、孩子回到我身邊時，會一次次發現，我擁有兩個比上次假期又成長更多的孩子。

有一年農曆年假期，家族到宜蘭進行三天兩夜的小旅行。民宿房間裏，大人嗑零食聊天，孩子們打打鬧鬧，好不熱鬧！突然，我想要到房間外拿東西，一出門就見兒子低著頭，靜靜地蹲伏在玄關旁，我好奇湊近一看，他正在將一二十人亂成一地的鞋子，一雙雙擺好。

我按捺住心裏的感動，問他：「怎麼會想到要這麼做？」

「上次我跟著學校到大陸貴州進行文化交流時，隨團的師姑、師伯教的，他們說，進出房間，鞋子要擺正，才有威儀。」兒子說著，低頭將東一隻、西一隻的鞋子配對，端端正正地鞋頭朝外擺放。

翌日早晨，我們騎著民宿提供的腳踏車，往田間道路探險，非常悠哉，但兒子卻騎來我身邊，告訴我：「我要返回一下，剛剛看見路旁死了一隻大鳥，想要處理一下。」

我跟著他返回，果真有隻大鳥了無氣息地躺在路上。我們翻了翻身上的簡單裝備，正懊惱沒有適切的工具翻動大鳥，只見兒子左看右望，俐落地撿來附近的枯木，輕輕緩緩地將大鳥推向草叢裏，就不怕在路中央再被車子輾過。

我們都清楚看見大鳥眼睛大睜死亡的模樣，我以為兒子可能會遲疑或害怕，但他一臉寧靜，手上的動作輕柔而俐落。我問他：「你怎麼有勇氣處理？」只見他淡然地說：「我在學校處理過幾次。」

兒子告訴我，慈中校園有大片綠地，不遠處就是中央山脈，自然在此交替，有茂盛就有凋零，看見死去的鳥、鼠已經很習慣了，「有時老師會帶著我們妥善處理，老師不在時，我們遇見了就主動掩埋。」他說，當大家七手八腳掩埋之後不知如何是好時，常常都由他帶領大家念往生咒回向。

我在內心輕輕驚歎，曾幾何時，我的小男孩已經慢慢了解了生命的真諦與疼惜。

想起之前他說，他曾乘著週末自己去七星潭海邊撿垃圾淨攤。當時他書讀累了，就跳上腳踏車，用自己的零用錢買來垃圾袋、夾子、手套，迢迢從學校騎到七星潭海邊，獨自一人在海邊淨攤，而後欣賞海景、隨手素描，之後才心滿意足地再騎車回學校，繼續讀書。

在慈濟中學裏，最先吸引我的是看不盡也看不厭的大自然，在孩子實際入學之後，我卻為全體師長們無私的付出與愛心、形塑的人文教育深深感動！

曾經陪朋友去精舍參訪，很幸運地剛好遇到法師，朋友向證嚴法師報告他正在研究老人問題，準備寫一本相關的書。法師笑著說：「老人沒有問題啦！是教育出了問題，你看我不也是老人嗎？」也曾有師長向法師提到升學率及北部前三志願的學校等等，法師總是溫和篤定地說：「不用談那些，我們該注重的是生活教育。」

確實，生命教育及生活教育，是遠比功課成績更重要的事。兒子國中畢業時榮獲「師公上人獎」時，曾如此分享——

鎂光燈的閃爍、樂隊的鼓聲、臺下的掌聲充斥著整個會場。

緊張的空氣中，緩緩地我從證嚴上人手中接下了裱框的獎狀和一袋獎品。在半公尺外，師公是那麼的真實；平時在電視上深邃的眼神，現在變得更深入心坎。

多少的歲月，是跟著這位崇高的理想家走來的；多少的感動，是隨著師公偉大的志業一步一腳印走過來的。我，一個微不足道的國中生，居然接受到這麼至高無上的榮耀，在那個當下，眼前的淚兒也不再聽我使喚，一滴一滴沾溼了衣襟，顧不得臺上臺下成千上百的人。那一刻，好單純，不用再多慮了，三年來的努力，不用憑證了，這一滴一滴的淚兒是一滴一滴汗的濃縮，師公上人好像在告訴我：「辛苦了！」是啊！今天我可問心無愧！

走下臺，拿著獎狀的那一手到現在還在顫抖著。一路上，慈誠懿德爸爸媽媽時而問候，時而稱讚，個個比出「讚」的大拇指。回想在慈中的日子裏，雖然慈誠懿德爸爸媽媽跟我們一個月只見一次面，但是卻讓我感染了不少慈濟人的身教及言教，也許這只是一些小禮物和小卡片，或只是一個下午的歡笑；我永遠記得每一位爸爸媽媽真誠的笑容，永遠慶幸自己在世界上還有第二個可以依賴的肩膀。

我是一個急躁的人，待人上不能有耐心地與人溝通，常常發脾氣；接物上，則常常粗心大意，沒有耐心。幸好在學習中，我遇到了很多老師，他們豐富的經驗、耐心的教育，往往讓我有反省內心的機會。老師們還時常告訴我要善解別人的難處，包容所有的意見，還要知人善用，團隊合作。然後，還可保持一顆輕鬆年輕的赤子之心。

我很感謝慈中給了孩子發光發熱的舞臺。一般學校多以成績好不好來評鑑孩子，慈中的師長們卻總是充滿溫暖與耐心，看見每個孩子不同的特點，給予陪伴與鼓勵。例如有個孩子是以吊車尾的成績勉強後補進入慈中，但是在校園中總看到他開心燦爛的笑容，到處幫忙人家；畢業時，他實至名歸榮獲德行獎。我本意就是要孩子遠離以成績為主的學習模式，因此就讀慈中畢業時，我們當家長的都很滿意，因為孩子已學習到樸實的生活教育！

有一次他們回臺北，在公車上，我怕孩子肚子餓，各塞一個麵包給他們，卻被雙雙拒絕了，理由是：「學校教我們吃飯時，無論服裝、坐姿都要端正，這才是莊嚴的威儀。」

有時為讓孩子明白一些生活的道理，師長們更是費心設計各種活動，例如某次就限定用水，規定每人一天能使用多少水量，藉此讓孩子明白水資源取之不易，要懂得珍惜。假日時，老師帶著學生隨慈濟人醫團隊深入偏遠地區義診。還有一次設計闖關活動，模擬慈濟志工運送骨髓，讓孩子體會到分秒必爭與骨髓保存運送的謹慎；也模擬國際賑災，讓孩子知道，賑災的環境可能有高山、有酷夏嚴冬，除了面對地形天氣考驗之外，還得搬運沉重的物資，同學們必須合心協力才能搬運。

學校還有一個很特別的規定，學生每學期要跑一百圈操場，時間不限，自己找時間跑完，只要有同學或師長見證即可。在中央山脈旁的大操場，強健體魄，也是一種樸實的幸福，不是嗎？

除了人文教育之外，慈濟中學與都會型學校大不相同的是宿舍生活教育。在這裏，孩子除了要念書外，還得在有限的時間，訓練自己融入團體生活。舍爸舍媽們既嚴謹又溫馨的陪伴，讓孩子養成規律的生活作息！女兒就曾告訴我，每天傍晚五點放學後，生活比白天念書還要忙碌，短短幾個小時內，他們就得做完吃晚餐、洗澡、洗衣服、晚自習等工作，如何在就寢前的短短三小時之內完成，他們自有辦法求生。

「我和三位室友研究出分工合作的方式，就是洗澡間有限，兩兩輪流，兩人帶著四人份的餐盒去餐廳打飯回來，另外兩人利用這個時間先洗澡，這樣就能節省一些時間。」

上有政策，下有對策，孩子們小小的腦袋自己想辦法調適，不亦樂乎！女兒也由起初宿舍的團體生活和某室友互看不順眼，到最後體悟到友情所帶來的感動。她曾在日記中記錄一段友愛的篇章——

住宿給我們機會照顧別人。還記得國中時，我有一位室友因為手受傷而打上石膏，因此沒有辦法自己洗頭，當時同寢室的我們三個，就輪流幫她洗頭，我們會搬張塑膠椅，讓她的頭靠在椅背，跟外面理髮店一樣，幫她搓洗。這時我們會注意水會不會跑到她眼睛，也會注意水會不會太冷或太熱，甚至洗得比洗自己的頭還認真。

還有一次，一位室友生病，晚上難過得不時起床嘔吐，我們幫她準備一個套上塑膠袋的臉盆，放在床旁邊，晚上如果她想吐，只要轉身往床下吐即可。

友情是靠讓對方感動建立出來的，並不是靠一堆空洞的話題。還記得一天晚上我得了急性結膜炎，室友急著跑去幫我找舍監，協助將我送往醫院急診醫治，那天回到學校時已經凌晨三、四點了，但是我們寢室的大家都還醒著，我一開門，她們就急著圍過來，關切地問我：「你現在還好嗎？還有不舒服嗎？」這時，我能不感動嗎？

孩子在花蓮那幾年，我除了乘假日去花蓮探望之外，常常在臺北遙想著孩子，偶爾真的想得無法靜下心來，就會斟酌他們放學的時間，打電話過去。

「媽，我不能講電話了，我在洗衣服！」兒子這般回應，於是我草草掛上電話。

「媽，我不能講電話了，我剛晚自習回宿舍，我還沒洗澡呢！」國一的女兒，倉促地說著，於是我又匆匆將電話掛上。

噢！兩個寶貝孩子在花蓮，可忙得很呢！

（上圖右一）閻華就讀慈中期間，至中國大陸貴州從事人文交流。慈中允文允武的生活教育，培養出有禮有度的少年。閻虹（下圖中）

縫補過的襪子

「這幾雙破襪子就丟了吧，再買新的就好。」第一次兒子沒有回應，第二次他卻對我說：「衣服破了，補好再穿，襪子破了，不是也可以縫補好再穿嗎？」

親愛的孩子，如果你有一雙襪子，穿了好些日子，後來禁不住摩擦、反覆搓洗，腳趾間破了一個洞，你會怎麼處理？

襪子不是很昂貴的東西，也是日常需要替換淘汰的貼身用品，破了洞，丟掉再換新的就好了，對吧？但我兒子可不這麼認為。

每次到花蓮探望他，總是禁不住「媽媽病」，翻翻他的儲物櫃，看看是否該替他添購衣服或用品。一次見到幾雙襪口鬆垮垮的襪子，隨口說：「這幾雙襪子就丟了吧，再買幾雙新的。你這樣雖然節儉，但是襪口鬆開，穿起來不舒服也不好看。」

他只是聽著，並沒有正面回應我。再下一次，我又從他床下儲物櫃裏，看到一雙令我訝異的襪子，這回不只是襪口鬆脫，那雙襪子趾間破洞有縫補的痕跡，長度少掉一截，穿起來一定不舒服。

這回兒子卻對我說：「媽媽，衣服破了，就補好再穿，襪子破了，不是也可以縫補好再穿嗎？」

望著兒子真誠的臉，只能說孩子比我們大人純真無染，我們教導要惜福愛物，他們就會真正去執行落實，襪子上明顯一針一線樸拙的縫線。現代人看過這樣的襪子嗎？

孩子小時候，我沒有給他們很多零用錢，後來我才知道，兒子小學時曾在校園裏打工，幫忙送牛奶，或是下課到福利社幫忙賣東西；女兒則因為零用錢不多，時間久了，物欲自然也就不高，像在慈中住宿時還規定自己，除了制服之外，只能帶少少的便服，這樣也方便整理。

孩子的樸實，讓我想起了父親。

父親非常怕熱，經常流汗，夏天站在豆漿攤前，脖肩上總是披條毛巾，身上套著一件薄得要抽絲的汗衫，長年累月，非得破到真的不能穿了才丟棄。

父親即使怕熱，為了家庭生計，日復一日、年復一年舀著滾燙的豆漿，童年的我時常站在他背後，看著他一次次擦汗的身影，這是無需言語嘮叨卻能深深烙印的身教。父親的勤儉，至今仍留在我的心底。

即使生活刻苦，父親窮自己，卻願意對窮苦人伸出援手，每在報紙看到貧困案例，都會叫我們幫忙劃撥捐錢。

記得有一次，他叫我捐錢給一戶人家，上頭的地址寫著「水上」，小小年紀的我很疑惑地笑問：「這人住的地方真奇怪，竟然住在水上面！」

見證到子女都成家立業後，年事已高的父親才終於從豆漿攤前退下。後來父親身體日漸消瘦，此後每次家族聚會，我都會錄下歡聚的影像，畫面對著老態龍鍾的父親，心中總怕是絕響。某年五月，父親自大陸探親返臺，健康狀況竟急速惡化，檢查結果，醫師遺憾地告訴我們，是癌症。

病榻中的父親很快就必須接受插管治療，看著因為插管不能言語的他，我握著父親軟軟的手，一次一次撫摸著，打著「愛的密碼」，希望給父親傳遞溫暖及鼓勵。

一次，再度握起他溫厚的手掌，看著長長指甲，我便取來指甲剪，細細地替父親修剪，一片一片如月牙彎的指甲，我決定留下仔細收好，怎麼也沒想到，數天之後，指甲竟成遺物。

父親離去後，剪下的指甲，兩手各五片，按著大拇指、食指及兄妹排行，五個兄妹一人留一片，與他牽手一生的母親則留五片，我做成愛心小卡護貝收藏，是父親留給五個孩子的最後禮物。

父親投入慈濟志工三十多年，依其生前意願，將大體捐贈給慈濟醫院做病理解剖，作醫師「無言的老師」。

雖知道爸媽早年已親自簽下大體捐贈同意書，但在最後的日子，爸爸不能說話，我和大姊輕握他的手，仍想確認其意願，若要大體解剖，請他用手指按壓示意，爸爸連續兩次按壓確認。他始終堅信這個決定不會有錯，「寧願醫師在我身上劃錯一百刀，也不要在病人身上劃錯一刀！」

事後我們很懺悔，突然爆肥或爆瘦十公斤都可能是癌症的前兆，大家忙於自己的小家庭，竟然都沒看出父親身體的變化，錯失了積極對治的機會。

父親往生後，母親徵得我們兄妹五人同意，把大半積蓄以我們的名義捐贈，成就社會善事。

或許你們會疑惑，一般人不是都將遺產留給自己的孩子嗎？奶奶必須先澄清，我的母親當然很愛我們，她曾感嘆地說：「我的孩子都很乖，也很打拚工作，但都賺不到錢。」但隨即又接著說：「你們雖然沒什麼錢，但都有工作，還有一碗飯吃，我們假如有一碗飯，就要分給別人吃。」

母親隨著父親，也是長年刻苦過日子，雙耳甚至在長期勞累中失聰，一雙腿關節也在奮鬥生計下漸漸無力，卻仍在退休後日日做志工，發揮生命良能。她跟父親一樣，一生勤儉，樂於助人。

以前做生意時，遇上經濟不好的人家上門，父母親總會多送些燒餅、多添些飯菜，寧可自己賠本，還要為對方留尊嚴。母親小時候家境非常窮，使她能同情不幸人的苦，也能以實際行動掛念他人。

我後來思考母親的想法，體會到若是把遺產留給我們，我們可能煩惱著如何處置，與其如此，不如選擇轉給需要的人，以德傳家，讓子女珍藏一分不會被偷走、化有形為無形卻日益彰顯光芒的道德財富。

每次隨母親做志工，其他志工見到母親，總是開心地衝過來抱住她，然後拉著我的手，告訴我，他們有多喜歡我母親，也告訴我母親的許多善心善行與呵護他人的故事。單純無私的她一直散發正能量，讓人看見她，都會不由自主想親近她。

勤儉不代表小氣，而是對人生、愛情、物命的負責與付出，是無聲說法。父親離世後，證嚴法師對悲痛萬分的我們開示：「你們的父親很快就會再回到這個世界做小菩薩，所以你們要把地球照顧好，給他一個乾淨的地球！」

此後，在城市的角落，我代替了父親的位置做環保志工，在無數的寶特瓶及紙板中，默默以雙手行動思念及祝福父親。我也常帶著一雙當年才小學低年級的兒女做環保，這是很好的生活教育，也因為這項參與，讓他們在成長過程中，不斷受此影響而繼續發酵著。

我跟著母親一起在社區做環保回收，在這裏的每位志工都是自願來的，大家無論平時的身分，皆放下身段在廢棄紙箱中彎腰整理，在異味巷弄中留下汗水，手上整理雜亂的東西，心中卻得到潔淨。

在踩踏幾百個寶特瓶、碳酸飲料盒時，學習到清淡的白開水更益健康；在回收來的新衣新鞋中，體會到不要買太多不必要的衣物。令人訝異的是，每次回收中總有全新的物品被丟出來，女兒去歐洲自助旅行用的行李箱，就是我從回收站惜福回來的。

一天，當回收工作進入尾聲，所有志工都散去，只剩幾位年紀大的志工，一位師姊走進來說：「巷口有人因為急事，留下一大堆回收物無法處理，有人能留下來處理嗎？」

開口說好的，是母親。於是我和母親、兒子以及一位志工又接下這一大批回收物開始整理，過程卻極不輕鬆，這堆回收物顯然放了許久，傳來陣陣令人作嘔的味道，大人都在忍耐中進行，我看著兒子，他表情有些凝重，但同樣耐心全程參與。

將近一個小時的奮鬥，終於整理妥當，其中有一半是垃圾。就在我們準備回家時，又有人載來一大卡車回收物，當時我的心都涼了，但母親依舊提起笑容，俐落地從車上接下回收物，默默進行工作，兒子看了，也隨著將一個個寶特瓶踩扁、整理紙箱。

當所有的工作結束，看著潔淨又有條理的回收場，我讚歎著年邁的母親如此有活力，也由衷讚美兒子，大人都快累癱了，才小學中年級的他也能一同堅持到最後，不禁比了一個讚，說：「你做到了耶！」

抬起因工作而紅潤的手掌細看，想起父親過世前，用相機拍下他那一雙賣了三十多年豆漿的手，蓄著溫柔；父親也曾在環保站，不停舞動著雙手，度過無數寒冬與酷熱。

這是傳承，此時耳邊彷彿聽見父親對著我說：「好乖！」

天空蔚藍，陽光燦爛，父親的肉身雖已離去，但他的身教卻已經刻鑿在我的心底。

愛地球、護人心，父親（下圖右）晚年投入慈濟，募善款、做環保。往生後，又捐出大體供醫師做病理解剖。

放手的智慧

我不但訓練自己對孩子放手，也訓練自己要對自己放手，例如放掉對完美的執著；最重要的是，必須學會不要把全部心思都放在孩子們身上。

親愛的孩子，當上母親之後，奶奶一直在學習，就像處罰這件事情一樣，力度太強怕傷到孩子，力度過弱，就擔心他們會不懂得反省，總是很難拿捏平衡。如何在愛護與放手之間找到一個適切的平衡點，不是一件簡單的事情，一時拿捏不得宜，愛護就成了雞婆，而盡情放手，也可能讓想法尚不周全的孩子陷入危險之中。

有一次，女兒從花蓮慈中打電話給我，閒談中，她提起要編舞的錄音帶放在家裏的音響，忘記帶到學校，於是我的雞婆本性又來了，問她：「要不要我幫你寄過去？」電話那頭的她停頓了一會兒，似乎正在思考，最後才回答我：「沒關係，其實也不急，下週回臺北再拿過來就好。」

雖然女兒這麼說，但掛掉電話之後，我就走進她的房間，從音響中拿出那捲錄音帶，妥妥當當地放在她桌上明顯之處，貼心地想著：「這麼一來，她回家一定會看到，到時候才會記得收進行李。」

就這樣我心滿意足地準備走出她的房間，但在帶上房門的那一刻，我又突然折返，將那卷錄音帶重新放回音響裏。我試圖說服自己：「還是讓她自己處理吧！不要剝奪她學習或可能犯錯的機會，下次才不會又丟三忘四。」就這樣，我在心中自我猜拳，要幫忙？不幫忙？

總是這樣子，一次又一次，反覆在心裏說服自己要輕輕放開孩子的手，適時提醒就好，不必事事都替他們做得周全。給他機會，相信孩子，也許他們能做得比大人還好。

有一天，牙科來電確認兒子預約的時間，我看向廚房，回過頭來請牙科小姐稍待，我說：「孩子洗好碗了，可以來聽電話，麻煩你直接跟他說。」

電話那頭傳來一陣悅耳的讚賞聲，「男孩子還會主動洗碗？你家孩子訓練得這麼好！」

我笑著將話筒遞給剛擦乾手走過來的兒子，心裏想著：「其實洗好碗後，他今天還有油漆房間的工作要做呢！」

孩子們放暑假回來時，我們計畫要重新粉刷他們的房間，首先要把房間的家具搬出去空出牆面，我決定讓兒子自己來。

「你先想想搬的順序，還有東西要暫放在哪裏？」過了一陣子我進房間瞧瞧，兒子已經將家具清得差不多，我再提醒他：「窗簾布要拆下來，電線要收好，窗臺髒的地方要先擦，等一下就可以專心油漆，不用再分心處理這些細節。」

東西整理好，我又教他將牆角凸起來的地方用刮刀刮過，再批土抹平，等一下就比較好刷：「油漆最繁瑣的是小地方，所以要先處理，例如插座、電源開關或兩面牆中間，都用小刷子先刷好，其餘用海棉刷就很快了。」

加水調漆也是一門學問，水加太多過稀，顏色上不去，水加太少過稠，又很難上漆。粉刷這件事我是駕輕就熟，但我只說：「就像煮菜加鹽，一切憑感覺，你調好後可以用小刷子在牆上試刷，看看濃稠度如何，再加減調整。」

「啊！油漆滴到地面！」開工後，他驚呼。

「沒關係，把地上鋪滿報紙就不怕這些意外，等一下也好善後。」我耐心給予方向。

「啊！衣服碰到油漆了！」兒子驚呼之後，喘了口氣說：「幸好媽媽剛才叫我換上舊衣服。」

只不過是重新粉刷，這一天對兒子而言就像災難片現場，不是一下子塗太多，滴滴答答，就是塗越界，還得拿抹布擦半天，整場意外不斷，驚叫連連。但如果兒子不主動求援，我也樂得清閒。

隔天一大早起來，漆乾了，兒子趕快搬動家具，當家具擺放定位，淡藍色的牆面和白色家具相得益彰，好似一幅地中海風情畫。原本堆雜物的房間，藉由重新搬動、粉刷，有了新的生命與功能，讓人更想待在裏面，如同新剪髮型，整個清爽亮麗，有了新的能量產生。

放手讓孩子面對與處理問題，生活中學習是最好的教材，也是最好的「情境教育」。放手是一門藝術，也是世代傳承的智慧，你們的爺爺曾跟我說過一段故事，那是他大學時期要買摩托車的事。

「大學時我說要買摩托車，父親帶我去幾家車行看了，要付錢取車那天，父親把錢交給我，讓我自己去處理。」先生告訴我，當時他擔心車行老闆看他年輕會騙他的錢，因此想要父親陪他取車，沒想到他父親斷然拒絕，說：「孩子，這只是人生的小事，你要從中學習，取得經驗。」所幸，那次交車順利。後來，摩托車壞了需要修理，他的父親仍要他自己處理。

「我找了自己比較喜歡的一家車行修理，幾次以後，我覺得那家會騙人，還是父親原來介紹的那家比較實在。」先生笑談這段回憶時，告訴我：「這次經驗後我有了體悟，雖然修理只是小錢，但如果定期去保養，就不會因為車子突然故障而心煩。」

適時放手，反而能讓孩子從中學習，但並不是每一次的放手，結局都令人如此安心。女兒高中畢業時要從花蓮返家，她說要先把行李寄回家，「我想一個人由花蓮一路南下臺東、屏東、高雄、臺南，依序拜訪同學家後再回臺北。」

我聽了，心裏相當猶豫，我該站在朋友的立場陪她高興？或是該站在父母的立場為她擔心？後來我還是選擇成全她的夢想，讓她去飛。

一天，她高興地打電話來說：「媽！我今天搭到了便車。」

「搭便車?什麼好人,什麼車?」

「摩托車,是農夫!」

雖然女兒能打這通電話給我,代表她是安全的,當下其實我很害怕,一個少女,隻身一人跳上陌生人的車,我怎麼可能不心驚膽戰?

每一次放手,其實心裏都充滿著憂慮與緊張,分分秒秒掛念;為人父母的功課,總是一道又一道難解的習題。

有一年冬天,天氣特別冷,一波波寒流接力來襲,掛念在花蓮念書的孩子,想著要給孩子買厚毛衣保暖,卻被拒絕了。我愈想愈不是滋味,跟母親見面時,禁不住對她抱怨:「冬天這麼冷,孩子在花蓮念書照顧不到,想說給他們買厚毛內衣較保暖,結果他們都沒穿,說不冷!明明寒流來,怎麼可能不冷?他們不聽話!不乖!」

年邁的母親只是笑了笑,直直瞧著我說:「你也不乖啊!我叫你做什麼,你也不一定全聽話啊!」呵!我不禁笑出聲。原來不分世代,每一個母親的心情都是一樣的呢！

我不但訓練自己對孩子放手，也要訓練自己對自己放手。例如面對黑暗時，不要害怕，在確定安全的環境下，黑暗中的寧靜可以訴說故事，靜下心來才可欣賞月色之美；又如放掉對完美的執著。最重要的是，我必須學會不要把全部心思都放在孩子身上，孩子們忙，我也很忙，工作之外，還有許多新事物有待學習。

記得兒子嬰兒時期睡搖籃床時，有次他早早起床安靜地玩他的手，一手兩指相碰，另一手不知怎麼地就讓兩手指互扣，一直掰不開！

我在旁邊看到當然明白，他只要鬆開一個手指頭就可以解套了，但回想自己在生活中，是否也常自己把自己牢牢地相扣？如何輕輕鬆開那個手指頭，關鍵都在自己，放不掉的是自己還緊緊扣住的那隻手指頭！

親愛的孫子們，請記住這句「靜思語」：「要用心，不要操心、煩心！」你將會放開緊握的手，而體會到世界的寬闊。

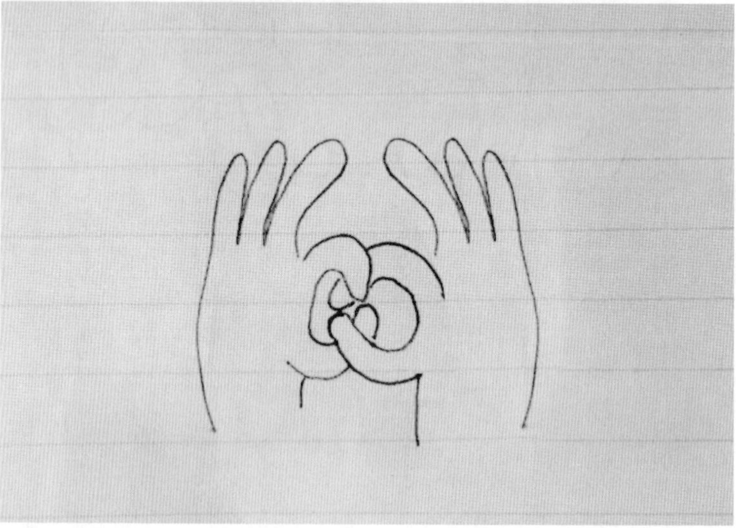

讓孩子在生活中學習，是最好的「情境教育」。然而做父母的要放手並不容易，如何鬆開手指，關鍵都在自己！

輯四　異地求生

赴美當交換學生

讓未成年的孩子接受「異地求生」的洗禮，可能嗎？可以嗎？我問孩子：「你這一年給自己什麼樣的期許？」他說：「我想要找回學習的初衷！」

親愛的孩子，好幾封寫給你們的信中提到，自助旅行是奶奶人生的轉捩點。自助旅行是我的夢，後來成為我的興趣與選擇。當自助旅行回來之後，我也開始帶孩子出國自助旅行，但其實我心中還有一個夢。

「小錢遊世界」這堂課中，老師曾提起她的小女兒，說：「我一向樂意放手讓孩子出去飛，去感受這個世界，小女兒才小學，我就讓她去祕魯當交換學生。」孩子小學就送去祕魯，還是女兒，真令人震撼啊！

還記得從西班牙回來，吸收到新鮮的空氣，感覺有了足夠一年分的氧氣，我和好友各自回到工作與家庭，繼續原來的生活。不同的是，朋友雖然很震撼自助旅行帶來的視野，但再度回到生活與工作中，夢就停止了。而我，猶如已吹皺一池春水，心中的種子悄然發芽。

早在孩子讀幼稚園時，我就開始研究國際交換學生。當時交換學生並不普及，面對有限的資料，我很茫然，卻又直覺方向是對的。

每週上氣機導引課時，老師用言語引導我們超越自己，除了身體功法，教授的觀念也一次次打破我固有的想法。老師常常鼓勵大家，人生要有夢想，要敢於「成為」，他也最喜歡顛覆、超越、突破自己。

也許就在這樣的推波助瀾下，我慢慢地打破身體的僵硬，同時也打破觀念上的執著。我把它放到自我的生命和孩子的生命，又放到親子教育中去實驗和實踐。

我留意國際交換學生的各項訊息，交換學生與自助旅行不一樣，自助旅行頂多十幾二十天，沿途只要能搭對車、找到景點，吃住大多不是問題。可是自助旅行也不只是玩，其中包含很多學習及衝擊，國際交換學生就更艱難了——整整一年在異地寄宿家庭生活，學習當地語言、文化，上當地學校還得經營人際關係，更關鍵的是，父母無法陪伴左右。

交換學生是將孩子丟到一個未知的世界，為了生活與生存，孩子要自己想辦法，語言上唯有努力累積，才能聽得懂寄宿家庭及學校同學的對話。國際交換學生，無疑是讓孩子接受「異地求生」的洗禮。尚未成年的孩子，可能嗎？可以嗎？

就在我一邊研究時，孩子不時看到我閱讀交換學生相關資訊，所以當交換機構去慈濟中學招生時，兒子主動報名，也順利通過考試，之後才告知在臺北的我，協助他深入了解。

兒子沒有先告訴我，是因為他自己還有一道關卡過不去，那就是學費並不便宜。考試成績出爐，符合交換學生的錄取標準。當他為自己的英文成績感到慶幸，同時卻又擔心出國費用，於是他向工作人員坦白，沒想到他們一派輕鬆，鼓勵他：「不用擔心，我們有獎學金可以申請。」通過面試的學生可以獲得兩千至一萬美金不等的獎學金，前提是SLEP成績至少要達五十分。

兒子只差一分，為了得到獎學金，他決定拚了！除了翻閱英文新聞，也大量閱讀《大家說英語》、《空中英語教室》等學習雜誌，甚至去資源回收場撿來被棄置的英文讀物與參考書，竟是孩子學習的養分。

努力了一個月後又重新考試，這一次獲得了五十四分的佳績。

看著兒子，想起自己當年去西班牙時，在經濟壓力下，我給自己設下一個相當精簡的預算，包含機票、住宿，只能花五萬元臺幣。

我們母子倆都不願讓經濟負擔成為阻止我們完成夢想的絆腳石，為了降低支出，我們必須得想方設法。

獎學金的申請，SLEP成績只是第一道關卡，緊接著必須通過一場全英文面試。當時面試官問他做過哪些志工服務？事後才知道，這間交換機構相當注重志工服務。這個問題對在花蓮慈濟中學就讀的兒子來說，一點也不難回答，他從容不迫地細數自己在花蓮三年做過的志工服務。

他的回答讓面試官訝異極了，因為根據他回答所算出來的志工時數以及項目，比其他考生來得豐富精彩，面試官不禁問他：「為什麼你只是一個國中生，卻有那麼豐富的經歷？」

聽兒子敘述至此，我要再度感恩母親當年的建議，開啟了孩子走入花蓮慈中就讀的契機，讓他在獲得生活經驗的同時，也意外讓這段歷程成為爭取交換學生獎學金的一大優勢。就這樣，兒子順利以第二名成績取得五千美元的獎助學金，足足省下將近一半的費用，而他經過努力之後的決定，當然也獲得我跟先生的支持。

確定要出發了，身旁親友聽到了不免質疑，為什麼讓年齡這麼小的孩子出去？不能等到大學再出國念書嗎？

交換學生有年齡規定，必須是國一到高二的年紀。在交換家庭中，可以學到語言背後的文化思維及生活習慣，了解當地的節日，這是一個有學校學習、也有家庭呵護的完整方案。其次孩子小，可塑性高，例如學習外語音調時比較靈活，觀念及習慣的接納都會比較高。

送機那一天，當我們抵達機場這個兒子從小就很喜愛的地方，首次勾起他不捨的情緒。在他小時候，飛機場就是天堂，每次我定居美國的哥哥回臺，兒子總吵著要一起去接機。

有次哥哥從美國打電話給我，說母親剛搭上飛機要回臺灣，我就告訴兒子：「外婆要坐飛機回來囉！」一大早，大姊去機場接機，我看著姊夫的車緩緩駛進，就去把正熟睡的兒子叫醒，「你快來看，外婆回來了。」只見兒子睡眼惺忪地望向窗外巷子，神情從興奮轉而失落，嘴巴噘起來說：「騙人，我又沒有看到飛機！」

當時那個傻傻搞不清楚的小男孩，如今卻要一個人飛往他的美國夢。入關之後，他再回首，熟悉的家人已經不在身邊了，再見面必須等上一年，而登機門後，是一個沒有父母也沒有熟人的未來。之後，兒子曾如此形容當時的心情：「當下心中湧出一股無助感，好像將我投入了一望無際的大海。」

出發前幾天，我問孩子：「你這一年給自己什麼樣的期許？」

「我想要找回學習的初衷！」確實，交換學生出國後不需制式規定，學習不只是為了考試，寄宿家庭不會問你分數，同學不再競爭成績，原來的人際關係也將重新開始。這一切彷彿即將重生了！許多完全不同的事物在太平洋的另一端等待著他。

而在海關另一面牆後的我呢？從孩子小時候，我就不斷嘗試要輕輕放開他們的手，推著他們往外探索，如今兒子要飛到那麼遠的地方去，而且必須隻身一人去不同的國度接受文化洗禮與衝擊，周全屬於他這個獨立個體的生命精彩，身為人母的我必須將手鬆開了。

放開一直握在手中的風箏線，讓愈飛愈高的孩子自己去拆開這份禮物，至於是什麼，那就完全掌握在他的手上。

在美國交換學生期間，閻華（下圖左五）於學校舉辦臺灣文化週，向國際學生介紹臺灣。

打破成見

萬萬沒想到，兒子寄宿家庭的Home媽是一位七十多歲的獨居老奶奶，第一直覺就是不妥。面對我們的質疑，兒子條理分明地來信說明他的感受。

親愛的孩子，不知道你們對獨居老人的定義是什麼呢？一般人聽到這四個字，腦中浮現的可能是孤單無依的印象，但這類的刻版印象其實也是一種歧視。就在兒子飛往美國之後，我跟你們的爺爺也陷入獨居老人的迷思中，甚至還與兒子進行一場抗辯，希望他可以更換寄宿家庭。

兒子出發前我們就知道，交換學生通常不會被送往大城市，交換機構會選擇相對偏僻的鄉村讓他們落腳，一來免於都市環境的諸多誘惑，再者也能好好地探訪當地文化。在程序上，交換學生無法選擇家庭，而是讓寄宿家庭選擇接納哪一位寄宿學生。

因為當年美國經濟不太好，願意當交換學生的接待家庭較少，而且通常較喜歡接待女生，因此兒子的接待家庭起初一直沒有下落，直到很晚才拍板定案。

但是我們萬萬沒想到，挑選兒子的寄宿家庭，不是我們想像中的完整家庭，有爸爸、媽媽，兒子寄宿家庭的Home媽是一位高齡七十、獨居的老奶奶，我跟丈夫相當驚訝，第一直覺就是不妥。

兒子在美國通訊不方便，網路只是撥接系統，寄宿家庭除了老婦人之外，還住著另一個從巴西來的交換學生，因此網路都要輪著使用，訊號也不好，我們與兒子聯繫，大多透過電子郵件往返。

我急著寫了封信給兒子——

聽聞寄宿家庭是一位單身的七十三歲阿嬤，我有些驚訝，交換機構只告知我有另一位巴西學生，並沒有說照顧者是位阿嬤。你父親擔心，不知道她的健康狀況如何？能照顧你嗎？還是反過來要你照顧？

我一向樂見你有成長的機會，如果覺得不妥，我可以向交換機構反映。鼓勵你做交換學生，為了你，我跟你父親爭取保證，因此我有責任保護你不會受到意料之外的事物干擾。

為了讓關心你的家人安心，請拍些照片，並且誠實不隱瞞地描述一下家庭成員的個性以及目前的家庭生活、環境。

在許可的情境下，我樂見你接受挑戰；但我會保護你，在不對勁的情形下，你的安全、健康、快樂，是我第一考量。

寫信的同時，我也和交換機構聯繫，詢問可否更換寄宿家庭。交換機構聽到我的請求很訝異，想了解原因。聽聞我質疑七十三歲的獨居老人不適合照顧孩子，他們努力地說服我：「在美國，獨居老人很正常。我們也有保護孩子的責任，寄宿家庭都經過嚴格審核，如果寄宿家庭和孩子的互動沒有造成生命危害等重大傷害，並不會替孩子更換寄宿家庭。」

先生等不及兒子回信，翻來覆去睡不著覺的他，凌晨就打開電腦寫信給兒子。

還記得你打電話給我，告訴我要去參加交換學生計畫，當時你心中的美國夢是什麼？你下定決心去美國，並且慎選了賓州這個好地方，雖然未能如願而去了維吉尼亞州，也知道回來臺灣之後，學業可能延遲一年，那時候你心中的美國夢是什麼？七月二十八日以後，看到跟你一同報名的交換學生一個個啟程去了美國，你日日等待，擔心可能去不了，那時你心中的美國夢是什麼？而當你終於登上飛機，真的要去美國了，在飛機上，你心中的美國夢又是什麼？

你的寄宿家庭只有一位慈祥的老奶奶，爸爸覺得十分不妥，我不知道你是否靜下來想過，未來整整十一個月，真要在這樣一個不算完整的寄宿家庭中度過？我從未見過你的寄宿家庭，也未見過你的Home媽，對於我而言，這就如同我未曾見過成千上萬個美國家庭與美國人一般。我沒有什麼偏見，但非常慎重地認為，對於一個交換學生，一個美國大家庭、中家庭、小家庭，乃至兩個人的家庭，都會比一人家庭好，如果是我辛苦遠渡重洋要去尋找美國夢，卻要終年生活在一人家庭，那是我無法想像跟接受的。

你是當事人，我是你的爸爸、你的監護人，我有責任跟義務在重要的時刻或事情上提醒你一些最重點的事，我有責任跟義務要為你找到合適的學校跟家庭。除此之外，那就讓你自由自在地碰撞、追尋你的美國生活。這一年內，我只能在臺下欣賞、分享你在臺上的演出。你是主角，我仍只是個觀眾。

善良的孩子，要在對的時間做對的事情與選擇，這就是人生。如果你靜下心想過了，你可以與你的當地輔導員討論換家庭的事情。當然在此之前，我與媽媽都隨時願意放下手邊的一切，與你多談談、討論與分享。

這封信寄出去將近一週之後，我與先生終於收到兒子的來信，這封信件中，密密麻麻、詳詳實實地試圖告訴我們，他所感受到的一切，也試圖要說服我們，在一個獨居老人的寄宿家庭中，他並未感受到任何的不適切。

親愛的爸爸：

今天是我的十六歲生日，就像其他十六歲的少年一樣，是一個嶄新卻矛盾的年歲。

身為兒子，我知道您對我的關愛是無法解釋且神聖的。我第一次自己出國，而且住在一個你根本見都沒見過的地方，甚至難以聯絡的家庭，您當然會擔心，甚至想要幫我換家庭，我也聽說您為了我要去美國的事情，盡了許多心力，這些我都清楚，我也知道你們都是愛我的。

但是對於換家庭的事，我很抱歉因為聯絡不良的關係，讓您無法更清楚了解我現在的狀況，我真的很抱歉。我明白您信中的道理，也知道您是為我好，但是我也想告訴您，為什麼我不會離開這個家庭的原因。

我與另一個來自巴西的同齡交換學生住在一起，他的英文極佳，甚至值得我學習，我跟他日日夜夜地談話，就像兄弟一樣。

我的接待母親雖然獨居，但是美國的老人幾乎如此，而且他的兒子就住在離這裏二十分鐘車程的地方，我們一個星期碰面兩次，他也有一個十二歲的兒子，我們是好朋友。

雖然這裏的鄰居距離很遠，但在我們家視線範圍內就有三戶人家，而且走路三分鐘即可抵達，目前雖然我不認識他們，但是Home媽計畫要帶我們去認識鄰居。

其他時間，像是週末，Home媽會帶我拜訪她的朋友，雖然都是老人，但是我因此認識了許多各行各業有豐富人生經驗的人，聚會中我們一起做事、一起吃晚餐，他們有些也會帶小孩一起去，我跟他們的孩子也都是朋友。

這裏的活動很多，Home媽都會帶我參加，我已經看了一場橄欖球賽、去了一場園遊會，這週末Home媽還準備帶我們參加附近城鎮的聚會。

這裏的生活機能健全，車程內有商店、賣場以及各式日用品店，Home媽會定期載我們前往採購私人生活用品。

這裏雖是一個傳統的美國家庭，但可以說是極為富有，跟表哥在加拿大的寄宿家庭非常不同，我應該慶幸且心懷感恩。我的接待家庭是總監決定的，昨天我問總監這件事情，他也認為我不應該離開，因為美國大部分家庭都是這個樣子，況且根據規定，因為我們只有Home媽，如果要接待異性的孩子，她必須得接待兩位交換學生，這意味著如果我離開，巴西Home弟也必須離開。

我的Home媽當初是主動選擇我的，當這裏的區域總監正在為了我的家庭安排而苦惱之際，有一天他上教堂，問主耶穌如何安排剩下的男孩時，不到十分鐘的時間，就接到Home媽打來說要接待我的請求。

換家庭的事情讓我這幾天都過得並不快樂，如果您當初簽字同意我來到這兒，那這就是美國的生活，我過得很自在，請不要為我換家庭，我知道您是世界上最愛我的父親，所以您更應該要尊重我的所好。

我把我該交代的事情說明清楚了，冒犯之處，請您原諒。

信件中，兒子條理分明地告訴我們，他覺得沒有任何不妥，獨居老人在美國相當常見，而他的Home媽也有正常的社交生活。

交換機構跟兒子盡可能對我們解釋清楚，我們只能擱下掛念，不當「直升機父母」，我們告訴自己，要相信孩子的判斷。後來Home媽生病了，兒子透過電話問我要如何熬粥給老人家吃，我們也一起策畫如何帶給Home家東方中秋節的文化。

後來的中國年，身為臺灣後援部隊的我，設計印有Home媽及全班中文名字的賀年卡，還寄去中國結、春聯、唐裝，期待兒子與Home家共同營造華人過年的喜悅。

就這樣，兒子愈來愈適應美國生活，到了春天時，他有兩週的春假，徵得Home媽同意，邀我去Home家小住一週。

我先是飛往洛杉磯，再轉機至維吉尼亞州，抵達時已是夜晚。那是一個相當嚴寒的冬夜，即使已經穿上最暖和的衣物，依舊在下飛機後冷得瑟瑟發抖。但是在機場大廳，我見到一面令人感到溫暖的大牌子，那是兒子的巴西Home弟為了我的到來特地自製的歡迎牌，上面畫著巴西與美國的國旗。

與他們會合後，這位七十三歲的老太太，跟我想像的截然不同，她穿得很少，吃著冰淇淋，開著長達三個鐘頭的車，一路穿越森林、繞經河流才抵達她家，但她仍精神奕奕地哼著歌。

那幾天，我嘗試用我的破英文與她交談，她也耐心傾聽。

她的名字是賈姬，不到四十歲就離婚，獨自扶養四個孩子。年輕時她曾在海軍服務，也關心社會運動，她認為女人以及黑人的待遇與地位往往不如男人與白人，因此退伍之後她開始投入女權運動，並聲援黑白平等運動。那時美國身陷越戰，為了反戰，為了反對種族歧視，也為了教育，她毅然投入政治，擔任維吉尼亞州第一位女性民意代表。

此時我感受到，眼見為憑都不一定是真的，更何況道聽塗說與隔空想像，這位女中豪傑的毅力與活力，讓我對獨居老人的刻板印象化為無限佩服。

隔天，賈姬在鄰居家幫我辦了場歡迎會，將我介紹給她的朋友們。吃了正統的美國南方晚餐，也拜訪兒子信中的老人鄰居們，餐前閒聊時，一對夫妻還特地帶來在中國旅行時買的三仙老翁木雕要我鑑賞，那一晚，我們聊到福祿壽，也聊到長城。

我的英文雖然不流暢，但我知道要多說、要盡量說、不可退縮，我努力擠出記得住的英文單字，維持了將近一個小時不只有傻笑的對談與互動，然後在心裏跟自己說：「我做到了！」

美國鄉間生活很純樸，加上沒有看電視的習慣，幾乎是沒有夜生活，但是這位老人家無論對民族、政治、經濟、文化等，都能興致高昂地暢聊。兒子告訴我，他們三人常常在晚餐後還繼續聊天，每天晚上都要聊三小時以上才不捨地互道晚安。

由於曾是政治家，因此賈姬講話用字遣詞非常講究，也用她豐富的人生經驗教導孩子。她的愛心陪伴與無私奉獻，慷慨寬廣地敞開心門與家門，那幾天我心領神會，也終於明白兒子不願更換寄宿家庭的原因，這樣一位「獨居老人」，我也喜歡！

這一次的探訪之旅，在雙方愉快的情境中結束。當我在機場與他們道別後，轉身走入海關的我再回過頭來要跟兒子道珍重時，見他早已摟著賈姬的肩膀，兩人親密地朝出口走了。頓時我還覺得有些孤單呢！呵！我該吃醋嗎？

通常親人的到來，會勾起孩子戀家情緒，也會干擾Home家平靜的生活秩序，孩子貼心安撫Home媽的動作，我實在無法多想，因為我又要用我的破英文，搭上全英文的美國國內線，而且還要轉機呢！

果然狀況來了，為什麼飛機那麼久還不起飛？在一連串聽不懂的英文廣播後，又見到空姐站在最前面，比手畫腳地解釋著，還看到某些乘客抓起行李趕快衝下飛機，哇！這下可精彩了，我可得打起精神全力以赴，才能把自己安全送回臺灣。

閻華的寄宿家庭有老婦人賈姬，和巴西來的交換學生。我利用假期赴美探望，受到熱情接待。

人有無限可能

一公分鉛筆的故事，讓兒子催生了一個計畫——為臺灣偏鄉孩童募集二手英文童書，他開始到各學校、圖書館以及教會禮拜中爭取演講機會……

親愛的孩子，如果你今天是一個再過幾週就要參加期末考試的國三生，在放假的週末，你會做些什麼？我猜，大概很多孩子都會選擇做考前衝刺，即使心裏百般的不願意。

可是兒子國三期末考前的週末，在那個颱風即將來臨的日子，我卻帶著他上菜市場，扛回一大顆昂貴的高麗菜，和其他包水餃的餡料。回程的路上，我們一邊討論水餃皮、水餃餡，一點也沒有打算要在考前鑽研功課、全力衝刺的意思。順帶一提，包水餃也並不是為了防颱所做的儲糧準備。

當時兒子已經確定錄取國際交換學生，正等待機構通知出發，我跟他的父親、奶奶不斷替他準備前往美國的行李，以期盡可能周全。

你們的爺爺替他準備一套正式的西裝，他認為在美國會遇上不少正式場合，要穿的得體才有禮貌。因此帶著他跑了好幾趟西服店，先是細細丈量尺寸，再斟酌選擇布料，我先生堅持要選最好的毛料，最終那套西裝整整八千元臺幣，做好之後，又因為兒子手比較長，還往返改了幾次，才終於滿意。

而我替他準備的，則是從靜思精舍向師父要來的英文版文宣、光碟，也到觀光局索取許多介紹臺灣文化的英文文宣，茶壺、中國扇子、文房四寶以及茶葉，一一檢視，仔細放進他的行李箱。比較費工的，是一百五十個打上中國結的小吊飾，由我跟婆婆帶著兒子花了整整一個星期的時間才完工。

這些禮物與文宣品占去他其中一只行李箱三分之二的空間。

「為什麼出國當交換學生，需要帶這一大堆東西呢？」兒子不解地提問。

「因為交換學生也是文化交流的意思，除了學習外國文化外，也可以把臺灣文化帶過去和當地學校、社區分享！」文化交流除了用文宣介紹、贈送中式小禮品，飲食文化也是最好的入門，因此我帶著他向婆婆以及母親學習幾道拿手好菜，自己則帶著他包水餃，心裏想著，如果有機會讓外國人吃到水餃，也是透過食物進行一場美饌交流。

然而剛飛出去的他，卻一直沒有使用到這些東西，因為他正被英文所困擾著。

兒子的英文成績一向不錯，回想他的英文學習路，他笑說：「應該是幼稚園時，收到小阿姨送的生日禮物，全套的米老鼠兒童英語吧！」那時，他把一片片錄音帶播出來聽，但卻不怎麼專心，躺在地板上聽著、聽著就睡著了。

婆婆在一旁看不下去，就把課本拿去，認真地在書桌前用注音符號強記拼音，就這樣讀起兒童英語。

其實這不是婆婆第一次讀英文，當時公公驟然離世，為了彌補空虛，她開始讀起《大家說英語》，慢慢就學會一些生活單字，跟團到美國玩時，別的成員買的冰淇淋都是單色的原味霜淇淋，唯有她的霜淇淋色彩繽紛，在飛機上，也只有她能向空服員要冰塊，爽快地喝上一杯冰開水。

兒子雖然幼年接觸英文時並不感興趣，但隨著學校教育，他漸漸在英文學習上找到方法，英文成績始終都在班上前段。

這趟去美國，我們完全不為他的語言能力擔心，豈知在德州達拉斯機場轉機時，班機延誤又臨時換了登機門，他卻根本聽不懂講得又快又急促的機場廣播，只好用萬能的雙手加上三寸不爛的英文，纏著機場地勤伯伯不放，最後才安全抵達。

剛上當地學校，他也無法聽懂歷史老師又快又滑的南方語調，老師甚至不寫黑板，令他欲哭無淚，連猜都沒得猜。原文的課本，就像無字天書，第一天考試只考了十分，我們都笑說：「或許用猜的，都能考得比你高！」

這樣的挫折激起他的自尊，他更加努力突破困境，第二天考了二十分，半個月後，終於發揮應有的實力，拿了個八十分；再半個月，甚至拿下了全班第一名。此時，他才真正開啟與美國溝通的第一扇窗。

同時，他在美國迎來了華人的中秋節，我從臺灣寄了一盒鳳梨酥，他想起出門前我告訴他的「文化交流」任務。

於是，他立刻在腦中盤點了一下，然後興沖沖地告訴Home媽：「四天後是華人的中秋節，我準備舉辦一場中秋晚宴，親自下廚，邀請大家一起來慶祝。」

賈姬樂見其成，要他開出菜單，她帶他去買食材。

「媽媽教的水餃、奶奶教的糖醋什錦、梅粉拌甜椒以及涼拌小黃瓜，最後再以媽媽前幾天寄來的鳳梨酥搭配著幸運餅，配著臺灣凍頂烏龍茶收尾。」十幾歲的小男孩在白紙上寫下他的菜單，一一列出所需要的食材，所幸幾乎所有食材都能在超市的國際食物區買到，然而唯獨水餃皮卻困住了他。

在美國，上哪裏去買水餃皮？賈姬看到沮喪的他，貼心問了幾間販售水餃的餐廳，但都不外賣，而他自己也問了班上來自中國大陸的女同學，只見同學爽朗地回答：「水餃皮為什麼要買？自己擀啊！」

堅持所有的細節都要自己來的兒子，不請同學幫忙，自己買了材料，上網查詢水餃皮的食譜與做法。

中秋節前一晚，他與麵糰奮戰到半夜，終於擀出數十張厚薄不一，但勉強能包進餡料的水餃皮。據他後來告訴我，嚐起來的滋味也是有模有樣呢！

飯後，他端出我寄去的鳳梨酥，並用我老早就放進他行李箱的烏龍茶沏了一壺熱茶，邊用著他還不夠順暢的英文，搭配翻譯機的幫忙，向在座的賓客說起了「嫦娥奔月」、「玉兔搗藥」的故事。

兒子的文化交流並沒有因此寫下句點，時序來到二月，美國的天空飄下雪花，Home媽穿起我送的唐裝，兒子也煮了一頓中國年大餐，在美國與他的家人們度過傳統的中國新年。

這個年，我跟兒子無法團聚，只能透過視訊對話向彼此拜年，說著、聊著，我告訴他：「你到美國也半年了，生活適應得不錯，眼看著日子剩下倒數半年。你是多麼有福分，一生中有這麼一年可以到國外生活作交換學生，真的是很特別，你一定要非常珍惜這分福氣。」

母子連心，在視訊電話另一頭的兒子，心中立即感覺不妙，說：「媽媽，你又有什麼想法了嗎？」

我在這一頭笑著，想著兒子正如魚得水地適應美國生活，如今我又要吹起一池春水掀起漣漪，希望他的文化交流能夠更深入。

前些時候我收看大愛臺，看到一則動人故事，於是與他分享——報導中的主角，是住在窮鄉的小女孩馬小梅，為了念書，一支鉛筆小心翼翼地使用，寫到僅剩一公分了還捨不得丟，而像馬小梅這樣的窮困孩童，還有很多。

大愛臺的記者採訪報導之後，在臺灣各校園發起募集愛心鉛筆盒的計畫，小學生們捐出多餘或閒置的文具，送到偏鄉，幫助這些想上學的孩子們，期待能給他們一點力量，靠知識走出窮困的大山。

「我相信你也能做些利益人群的事情！」說完馬小梅的故事之後，我這樣鼓勵兒子。

一個故事，讓兒子想起在慈中念書時，因為常做資源回收，也常在學校回收場尋寶，於是腦中漸漸地催生一個計畫——那我就來為臺灣偏鄉地區的孩子募集童書吧！至少讓他們透過這些童書，能夠有接觸英文的機會。

聽了他的想法，我覺得很不錯，不忘提醒他，我們曾一起做環保回收，都知道珍惜物命，「看看有沒有辦法無需多花錢，無需另外買，把美國的過剩資源帶回臺灣。」

募集二手英文童書計畫就此成形，兒子開始到各學校、圖書館以及教會禮拜中爭取演講的機會，四處奔走募集二手童書。慢慢地收集到近三百本的童書，同時因為聯絡很多單位尋求支援，無形中孩子的商用英文能力也增強了。

聽到他的所作所為，我在臺灣替他鼓掌喝采，但也不忘提醒他：「既然你有一套募書模式了，現在網路這麼發達，除了你自己的力量，何不號召全美的臺灣交換學生一起來募書呢？」

會提出串聯全美交換學生的點子，起因在某張合照。那是孩子在紐約和美東所有交換學生旅遊的照片，這張照片讓我想起先生總掛在口中的「二八理論」——世界上百分之八十的財富集中在百分之二十的富翁身上，因此商業上應該集中百分之八十的力量專注在這百分之二十的人身上；也想起了現代網路可供活用。

兒子想想也對，開始打電話、寫信給全美各州的交換學生請求協助，最後成功募集到六千本童書，並在交換機構的牽線下，由長榮航空協助將這些書運送回臺灣，而這些書又經由一些志工與學生，熱情地送到山區部落的學校去。

除了替臺灣偏鄉地區的孩子做出貢獻，兒子假日時也跟著賈姬和巴西Home弟，一起為荒涼的土地種上一棵棵樹苗。他還學會了如何與土地溝通，和樹林互通情感；在維吉尼亞的森林裏，溪流的靈性和野鹿的野性是源源不絕的。他不再害怕子夜的黑暗及凜冽，因為天上的星星會給予他光明和安心的歸屬。

他在美國的作為，讓身在臺灣的我感動不已，我感受到他已經尋找到學習的初衷，並且走入人群，融入當地，也回饋故鄉。

而這樣默默奉獻的兒子，也受到交換機構總部的關注，在國際交換學生生活結束之後，獲得頒發「文化交流獎」、「最佳服務獎」，甚至還得到一張來自白宮的獎狀——美國布希總統志工獎。

當臺上主持人以高昂的聲線唱名得獎者時，臺下響起了一陣熱烈的掌聲，而無預警的我們則激動得紅了眼眶，邊擦掉喜悅的淚水，邊大力地為孩子拍手喝采。

去美國當交換學生這一年，我看著兒子，就像剛到霍格華茲的哈利波特，漸漸發現自己獨特的地方。我想，這就是老天爺賦予他的祝福，而與人、與土地的相處，也讓他漸漸抹除了心鏡上的塵土，發現自己其實有無限的可能。

就像他給自己的座右銘，「心手合一，做就對了！」他逐漸對自己有了信心，他的美國母親也鼓勵著他：「失敗是成功前的享受，要用微笑及幽默細心品嘗，就算你失敗了，天也不會這樣就崩下來，然而你卻體驗了真正的人生。」

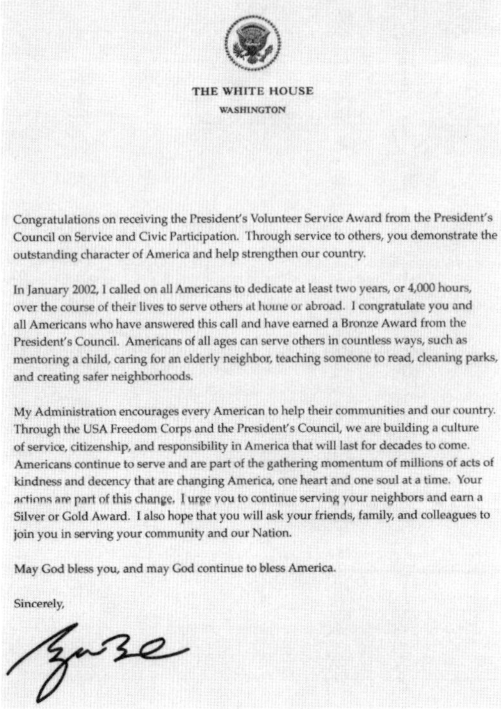

THE WHITE HOUSE

WASHINGTON

Congratulations on receiving the President's Volunteer Service Award from the President's Council on Service and Civic Participation. Through service to others, you demonstrate the outstanding character of America and help strengthen our country.

In January 2002, I called on all Americans to dedicate at least two years, or 4,000 hours, over the course of their lives to serve others at home or abroad. I congratulate you and all Americans who have answered this call and have earned a Bronze Award from the President's Council. Americans of all ages can serve others in countless ways, such as mentoring a child, caring for an elderly neighbor, teaching someone to read, cleaning parks, and creating safer neighborhoods.

My Administration encourages every American to help their communities and our country. Through the USA Freedom Corps and the President's Council, we are building a culture of service, citizenship, and responsibility in America that will last for decades to come. Americans continue to serve and are part of the gathering momentum of millions of acts of kindness and decency that are changing America, one heart and one soul at a time. Your actions are part of this change. I urge you to continue serving your neighbors and earn a Silver or Gold Award. I also hope that you will ask your friends, family, and colleagues to join you in serving your community and our Nation.

May God bless you, and may God continue to bless America.

Sincerely,

閻華到當地小學為臺灣偏鄉募集二手英文童書。交換學生期間表現優異的他，獲頒美國布希總統志工獎。

女兒的「笨蛋學習法」

除了語言適應外，女兒還要學會主動、學會擁抱、不熟裝熟，找話題打入同學的圈圈裏。在臺灣不曾想到的事，在美國要破冰就得匍匐前進……

親愛的孩子，讀完上一封信，或許你會迫不及待地問我，那麼我的女兒是不是也出國當交換學生？沒錯，她不僅出國，還一連去了兩次，兩年選擇不同的國家。

這都源自我第一次自助旅行後，有了調整孩子人生順序的靈感，想讓孩子在學習前先探索世界，看看人生會有什麼不同的可能？另一方面，身為亞洲女性，我也想給女兒更多的機會。

首先我想先談談，女兒在我心目中是一個怎麼樣的女孩。記得她上小學前，我跟你們爺爺一致認為，該讓她擁有自己的房間了。當我們用心將她的房間布置好，小小的臉龐在房門外好奇地往裏面探望，就要一個人睡覺了，我問她：「是不是很期待？這是你自己的房間喔！」她的臉上有著複雜的情緒，混著期望，又加上害怕，怯生生地跟我說：「可是我怕睡到半夜，會有惡魔跑過來把我吃掉。」

因為是家裏的第二個孩子，小女孩一出生就有哥哥陪伴，即使我跟先生加班無法回家陪伴他們的夜晚，也有哥哥牽著她的手，走到巷口麵攤，兩人你一言、我一語地悠哉吃完一頓沒有父母嘮叨的晚餐。有時候，女兒想媽媽時，兒子也天才地在紙上畫一個媽媽讓她看，以一個小哥哥的方式安慰更小的妹妹。

上國中時，她眼巴巴看著哥哥去花蓮就讀慈濟中學，那是她第一次落單。一年之後，她便隨著哥哥的腳步，如願考進慈濟中學。

國中畢業後，她又再次望向哥哥的背影，從一張張兒子在美國拍攝的照片中，觀察美國的寄宿家庭、學校狀況及各個節日中的文化交流活動，於是她也想當國際交換學生。但這一回，她還沒有出發，就受到了強大的阻力。

出國一年的兒子好不容易才回來，我們緊接著又要送女兒飛出去，這看在疼惜孫女的婆婆眼裏，可是萬般不能接受，叨叨念著：「你們又亂來！之前男孩出國一年，我的心都糾成一團，直到他回國，心頭那塊石頭好不容易放下來，你們又要將女孩送走，她是女生，我更擔心。」

我從婆婆唉聲嘆氣中找到縫隙鑽進去，試圖向她解釋國際交換學生會受到良好的保護，「而且您知道嗎？妹妹的資料一發出去，很多家庭都搶著要選她，交換機構還要過濾，所以一定會很安全，您放心。」

老人家哪有那麼容易說動？心理壓力一爆發，說的話就重了些，「我不是說寄宿家庭不好、留學機構不好，但如果孩子發生什麼意外，就算是跳到三條河裏，我都不會放過你們，一輩子都不會原諒你們！」

我跟婆婆說：「您以前到歐洲旅遊，不是稱讚有位女導遊很厲害嗎？不僅語言厲害，做事也俐落。她在成功之前一定要有機會磨練吧，您的孫女現在就是有了機會磨練啊！」

婆婆聽了雖同意，但看得出來她的心情悶悶的，不再發聲。

女兒即將出國，身為母親的我，怎會不擔心？

某次帶兄妹倆到小學學校比賽跑步，那時兩個孩子還沒上幼稚園，體育一向拿手的妹妹使出全力往前衝，運動細胞遺傳到我的哥哥，努力地快跑緊跟在後，兩人在不同跑道上較勁起來。奇怪的是自信滿滿的妹妹，理應贏過早已氣喘吁吁的哥哥，但兩圈下來，哥哥硬是比妹妹超前一大段，之後距離愈來愈大，妹妹不明白，哥哥也贏得莫名其妙。

但在場邊觀看的我們，笑得直不起腰，因為哥哥跑的是內圈，妹妹一直跑在最外圈，自然跑愈多圈輸愈多，她自己卻沒發現。

兄妹相處，妹妹很多事都習慣搶著說：「我先！」

明明是哥哥的生日，要拆生日禮物，她就搶著說：「我先！」

學齡前，有次母子三人聊天時，聞到一股屁味，我捉弄兩個孩子說：「是誰放屁？好臭！這樣好了，哥哥聞妹妹屁屁，妹妹聞哥哥屁屁，看誰放臭屁？」妹妹還是一句：「我先！」湊到哥哥屁股旁用力一聞。不聞還好，一聞之下，「啊！好臭，是哥哥放臭屁啦！」

自己沒放屁，當然是別人放屁，放屁的哥哥悶不吭氣，沒放屁的妹妹卻不落人後搶著聞臭屁。這樣的事也搶先，真是傻妹妹。

但女兒出國幾個月後，證明她一點也不傻，我的小女孩，曾幾何時已經蛻變成長？

啟程前往美國這一天，在機場海關處，我們送著微笑離開的她踏上人生另一段旅途。她日後才告訴我，其實隔著海關門，他們一群交換學生哭得跟淚人兒似的，雀躍早已被突如其來的恐懼與思念淹沒。

轉機過程中，因為飛機延遲，她提著兩件重達二十幾磅的行李往前跑，通過上上下下的機場樓梯、眼睛掃過大大小小的通行標誌，心急如焚地就怕一個錯過，趕不上前往目的地的班機。然而，這還只是前往美國前的一顆小石頭，到了美國，她也面臨跟兒子一樣的困境，那就是全英文環境的挑戰。

她的課業成績不是那麼優異，面對英文溝通，起初她常常得用微笑、肢體語言，勉強猜測對方的意思。到了學校，翻開密密麻麻的原文課本，以及老師又快又帶有腔調的英文講授，她只能滿臉疑惑強撐到下課鐘聲響起。連班上同學也分不清誰是誰，因為同學名字都很像，有很多個瑪麗，也有很多個約翰。

家庭作業怎麼也做不完，因為每個字都需要查字典，曾經整整一小時還停留在原本的兩頁。

眼淚悄悄落了下來，起初只是一滴，但卻一滴接著一滴，從眼睛流到臉頰，再滑到下巴。她試圖說服自己冷靜，必須停止眼淚，她跑到廁所，閉上眼睛，背對著門，什麼也不想，但眼淚還是一直掉落。

她放棄了，讓自己回到房間床上，用毯子蓋住頭，痛痛快快地哭出來，嘗到眼淚的溫度與味道，伴著她一整個下午。

後來她起身到後院，打量這個未來一年的美國之家，望向那一望無際的草原，十幾歲的她，朝著臺灣的方向靜靜坐著，想起遠方的父母，突然明白接下來真的得一個人獨自面對了，好不容易止住的眼淚又開始滑落。

「可是這個時候，Home媽從背後給了我一個非常大的擁抱。」女兒說那個擁抱來得很突然，一開始她還感到有點害怕呢！但漸漸的，身形是她兩倍大的Home媽，身體的溫暖以及擁抱的溫厚，讓她感到舒適，「當時很像是你在擁抱我，我非常感謝Home媽的這個擁抱，讓我在當下拋開許多事，學習壓力、人際關係這些問題一直在腦中旋轉，但在這個擁抱下逐一消失。」

「我愛這個擁抱，我想每個人都應該知道，擁抱是表達愛最直接的方式！」在女兒的部落格看到這些文字，身處異地的我也感受到這分溫暖。兒子初到美國時，他說自己原本很害怕和美國人擁抱，但後來體會到「擁抱要用心擁抱」後，就很能享受擁抱。後來，他們也將擁抱的習慣帶回臺灣，主動擁抱我跟先生，讓我們感受到另類的「文化交流」。

兒女初到花蓮就學時，我曾告訴他們花蓮跟臺北其實一點也不遠，「坐火車三個鐘頭就能回到家了，若是沒錢，往北方走，慢慢走路也可以回到父母的懷抱。」

可這一趟去了太平洋的另一端，是走不回來的。從寄宿家庭偏僻的小鎮到大城市的機場，要三個小時以上車程，到了機場，通常也要在美國內陸轉兩次班機才能飛到東岸的洛杉機、西雅圖或舊金山，再轉機回臺灣。除了距離，時間更是問題，交換學生規定一年內除了重大事件，否則不得離開美國境內。

這樣的當下，女兒退無可退了，但很幸運的，她的寄宿家庭也給了她很多的力量，除了Home媽那一個擁抱，還有這家人教育孩子的方式，都讓她深受鼓舞。

有人說臺灣的孩子是被「嚇大」的，例如我們小時候，大人總會說：「你再不乖，就叫警察來抓你喔！」「你考不好，以後會很慘！」但女兒在美國家庭卻發現，美國的孩子是被「鼓勵大」的──「再試試看！」「你做得很好，下一次會有更大的進步空間！」這些正面話語頻繁出現在親子對話中。

女兒說，寄宿家庭的哥哥比她大一歲，有一次他們在學校裏考了同樣的考題，哥哥考得比女兒還差，但Home媽還是一樣給予讚美，對兒子說：「你好棒！」

後來我問女兒，「那麼你找到學習英文的方法了嗎？」

「我自創了一套『笨蛋學習法』。」她與我分享她的心得──

東南西北，大大小小，從何說起是個問題？絞盡腦汁的我終於想到了一個「笨蛋」方法。就不要管他是何方神聖，只要遇到人就把自己當白癡，問說：「今天的天氣真好啊？上個星期還下雪，這星期卻是晴天，IDAHO的天氣真怪。」這樣幾乎每個人都會回答：「對啊！我好喜歡躺在太陽底下，好舒服。」像這樣就有長達半分鐘的對話了。

但這句「今天天氣真好」的功力還不只如此，當轉到下一個彎看到下一個人就說：「今天的天氣真好，上個星期還下雪，這星期卻是晴天，IDAHO的天氣真怪。」「對啊！我好喜歡躺在太陽底下，好舒服。」而遇到下一個人時，當然也是：「今天的天氣真好……」雖然聽到的答案八九不離十，但增加了別人對你的印象。這一切的一切，真是笨！但那是我唯一的方法。

唯一刺激我跟更多人講話的方法，就是讓別人來和我說話，因此同一句話，一天我可能會對不同的人問上十幾遍，但問的人愈多，就代表認識的人愈多；同樣的，同一種答案，一天我也可能聽上十幾遍，如此在不知不覺中，我就能換來和外國人說話的機會，從中學習。

聽著她說，我想的卻是：「孩子，你一點都不笨，一點都不傻，老老實實，虛心反覆練習求甚解，就是學習任何事物最好的學習態度。」

語言適應外，還要學會主動、學會擁抱、不熟裝熟，找話題打入同學的圈圈裏。在臺灣不曾想到的事，女兒在美國要破冰匍匐前進，例如在臺灣通常都是同學主動過來和她當朋友，在國外她深知不主動就交不到朋友，於是逼著自己變得外向。

在美國的這一年，看她不時在部落格發表所見所聞——頭髮上髮膠如刺蝟、臉頰迷彩如印地安人，融入校園的她一臉燦笑，讓我在心中讚歎著她的成長。

我將這些照片與婆婆分享，看著寶貝孫女陸續傳來的照片，老人家完全放心了，還說：「喔！我在這裏擔心個半天，她在那裏住那麼好。一種人、一種命，真是好命的孩子啊！」

閻虹在美國當交換學生期間，除了克服語言問題、融入當地文化，也學會主動交朋友，認識了來自各國的同學。

千里外的傷

「媽，我的手被刀子割傷了！」「Home媽呢？家裏現在還有誰？血還在流嗎？」女兒沒有回答我，我聽到她那邊傳來許多人聲，又鬧又混亂……

親愛的孩子，歐洲探訪多次後，我明白世界上除了精緻典雅的文明，還有很多地方擁有自然古老的面貌，若有機會，期待能領著一雙兒女去探索。因此，我和兒子一起到蒙古自助旅行，也帶女兒去了祕魯。

祕魯那一趟行程是半自助。抵達前，我問教授領隊：「有些書上形容雨林是綠色地獄，還說惡魔和地獄的皮膚是綠色的！你去過雨林，可以跟我們分享嗎？」

「書上說的沒錯！」領隊接著說出更令人驚訝的經歷：「有一年我離開亞馬遜雨林，發現蟲蟲跟著我回到臺灣，牠住在我的皮膚裏一整年，發作時癢到我抓破皮膚，好讓它的幼蟲跑出來孵化成蟲；如此一年一次，一次次抓破皮讓幼蟲跑出來。」

聽到這裏，我和女兒都不禁張大了眼及嘴，原來所謂擁有綠色皮膚的惡魔都是真的！這讓我們意識到不可小看未來四天三夜的雨林行程，要時時懷著敬畏謹慎的心。

回到臺灣後，我不禁又寫了一封信給領隊：「有件事我不明白，亞馬遜雨林的蟲讓你痛苦不堪，即使是專業上的興趣，也有承受的界線吧！為什麼你會想再回到雨林？」

他很快就回覆我，回信簡短卻令人動容：「蟲咬只是皮肉難過而已，不會有大礙，但對原始文化的探索，卻是會上癮的。」

確實，世界何其大，探索世界是會上癮的！

女兒在飛往美國之前，曾在日記中留下這一段內心話——

要問我現在的心情？是緊張、是憂慮、是害怕，是期待、是驚奇、是有趣，其實多多少少都有。因為下一年的到來是那麼的未知，所以感到緊張；因為不知道還有什麼事沒做完，所以感到憂慮；因為不知道隔著太平洋的那一端會是怎樣的情景，所以感到害怕；因為這是人生的第一次，所以感到期待：因為這是超新鮮、超刺激的事，所以感到驚奇；因為這件事可以使我又緊張、又憂慮、又害怕，又期待、又驚奇，所以感到有趣。我相信這將會是趟精采的旅程！

當時的她怎麼也沒料到，如此期待的旅程，一開始卻讓她陷入痛苦掙扎。女兒克服困難的鄉村網路設備，聯繫上我，說她想要換寄宿家庭。還記得上一次兒子到了美國，我們急著幫他更換寄宿家庭，因對方是一位七十多歲的獨居老奶奶，這一回卻是女兒想要更換寄宿家庭，原因竟是：「他們都不做環保回收，我實在看不過去！」

花蓮慈濟中學的資源回收教育，啟發了女兒守護地球單純的一念心。但我請她稍安勿躁，要她在生活中觀察寄宿家庭。「人家這樣生活五十多年了，等互動幾個月彼此熟悉了，你可以就此事提出討論，相互交流。」女兒聽話留下來。

那是一個很完整的美國家庭，父親是警察，母親是家庭主婦，養育著兩個男孩與一個女孩。有別於兒子在美國的家庭，女兒的寄宿家庭並不寬裕，全家只仰賴Home爸的一份薪水，卻仍舊敞開自家大門，收容她跟另一個泰國留學生。

女兒常和泰國交換學生坐在門前階梯，看看鄰居的房子，再回頭看自己的房子，確實很簡陋，女兒也沒有單獨的房間，是跟泰國學生以及寄宿家庭的女兒擠一間房間。

「不僅如此，每到月底發薪水之前，Home媽還會帶我們到公園，吃善心團體提供的免費食物。」女兒笑著說起這段故事，我聽了不覺得她受苦，因為任何外在的境遇都是正常的，都是緣分，人和人主要是心的交流，而非物質的享受。

雖然經濟不寬裕，但是這家人仍然很注重過節，女兒生日時，Home爸與Home媽不僅準備了琳瑯滿目的自製餅乾與蛋糕，還精心準備十幾個禮物給她，她感動地跟我說：「怪不得我剛來時，他們就一直問我喜歡什麼東西，原來是默默地替我準備這些禮物。」

我跟她一起感謝寄宿家庭的貼心，也給了因讓寄宿家庭破費、深感抱歉的女兒建議：「滿滿的心意已經收到，若覺得禮物太過貴重，你可以留下一個最喜歡的，其他的就拿去退貨。」

想起她出發前，收到寄宿家庭的全家福照片，照片中的五個人身形都不纖細，女兒忍不住說：「好胖的一家人啊！」

當時我只能幫她轉換心情，說：「他們的外型的確很大，但他們的愛心也跟外型一樣大，會很有愛喔！」

果不其然，他們像是對待親生女兒一樣疼愛著她，這分濃厚的愛也讓她非常享受在這個家庭中，於是我也稍微放寬了心。後來，女兒終於聊起垃圾分類的想法，Home媽聽了很開心，告訴她：「這是很好的事，你可以早一點跟我們分享啊！」

Home媽的母親其實相當富有，但是財產獨立，她不贊成經濟拮据的女兒接待交換學生，每當Home嬤來訪時，交換學生都躲在衣櫥裏，不讓她發現。

但據說，後來一位來自「臺灣」的交換學生被她發現了，這位交換學生不曉得說了什麼話，哄得她很高興，因此後來不僅不再反對，還特別疼愛這位交換學生，經常對她擠眉弄眼示愛呢！

這也讓女兒好奇地問Home媽：「家裏經濟不寬裕，為什麼還接待交換學生？」只見Home媽笑著回答：「上帝要我們接待，需要我們這麼做，我們就這麼做了。」

有一天我在圖書館工作時，Skype網路電話突然響起，女兒的聲音傳出來，「媽，爸爸呢？哥哥呢？我的手被刀子割傷了！」我一聽到，強壓著內心波濤洶湧，問她：「你受傷了，Home媽呢？家裏現在還有誰？血還在流嗎？」在擔憂中，我不忘叮嚀她：「先沖洗消毒，然後找找有沒有乾淨的紗布將傷口包紮起來。」

女兒沒有回答我，我聽到她那邊傳來許多人聲，又鬧又混亂，女兒的聲音突然又傳來，「媽，唱歌給我聽，隨便什麼歌都好，不要停。」

我來不及眨眼淚，一首接著一首地唱，女兒現在需要我，可是我卻在千里之外，只能透過歌聲安撫她，「快睡！快快睡，寶寶睡得甜美……」輕輕唱著搖籃曲，彷彿Skype另一端還是我抱在懷裏的小女嬰。不知道唱到第幾首，女兒才又出聲：「Home媽回來了，她要帶我去醫院，我回來再打電話給您。」

焦急的等待是漫長的，我片刻不離守在網路電話前，等著女兒再度打來。終於電話響起，女兒的聲音已經鎮定許多，她說：「媽，我從醫院回來了。其實我的手被刀子刺穿手掌，對不起，身體髮膚受之父母，我卻把自己弄傷了。」「刺穿？什麼意思？」女兒說之前要我唱歌給她聽時，其實她嚇得都快昏倒了，眼下換我被嚇得要昏倒。

原來她們想吃蛋糕，但是冷凍蛋糕太硬，女兒想用刀子戳開時，竟然刺穿了手，她下意識拔出刀子，這一拔，血流如注，Home妹還因此嚇到昏過去。Home媽接到消息趕回來送她就醫，醫師照了很多張X光片，也做了反應測試，確定骨頭和神經都沒有受損。醫師還詢問她原因，看是不是自殘行為，確認不是後，才讓她回家休養。

女兒解釋了整個過程，我讓她先去休息，自己卻靜不下心來，旋即打電話給在大陸出差的先生，告訴他女兒受傷了。「什麼！你說什麼？」先生和我一樣，簡直要被嚇昏。

我告訴先生所知道的一切，雖然醫師說了無礙，但他依舊不放心，「你可以打電話給在加州的哥哥嗎？請他過去看看狀況，或是直接打電話問Home家。」我跟先生都明白，此時放下工作飛去美國，或讓孩子結束學業回到臺灣，都不是最好的處理方式，而且美國的醫療有一定的品質，也相信寄宿家庭有這分愛心接待，必然會好好照顧孩子。

然而身為父母，不可能就此安心，發生事情的頭幾天是難熬的，聽到消息一陣錯愕後，馬上想想有哪些資源可以運用。

我詢問當過護理師的妹妹，需要特別注意什麼？她告訴我，如果手掌紅潤有血色，表示血管沒有問題；而神經分為感覺與運動兩部分，感覺部分看會不會麻、有無知覺，運動部分則是端看靈不靈活，功能是否如以前一樣。如果以上都沒有問題，只要耐心地貼美容膠帶，就不會留下難看的傷疤。

將收集來的資訊和女兒分享，我能夠做的事情，似乎就到此為止了，事有輕重緩急，突如其來的傷勢確定得到妥善處理後，做父母的只有等待、叮嚀、相信、祈求及感謝。

想起之前母親在家中午睡，聽到電話鈴聲急著起身，卻左腳絆到右腳，摔了一大跤。七十多歲的老人躺著被送上救護車，住院初期只能躺著大小便，洗澡穿衣都要旁人幫忙，好在我家女兒多，大家日夜輪流照顧，後來足足在家休養一個月。傷勢好了並恢復生活能力之後，母親投降地說：「我再也不敢了！讓你們這麼辛苦，我很慚愧！」

但貼心的女兒自述，她身上的痛還好，反而是讓父母擔心，才是她最掛念的。女兒受傷的事無關出國，無關放手，一如母親在家中也會受傷嚴重，獨立長大成長的路上，總會受些傷。小時候我幫忙剉紅蘿蔔絲，一不小心手往剉刀一用力，血就流出來，那種疼到現在還記得，此後就會格外小心。

父母不能保護小孩一輩子，小鳥總要放出去才學會飛。在獨自探索的路上，女兒必能從這次受傷事件中牢記，並深深體悟——放與收、無限探索與自我保護的分際拿捏。

（上圖）我帶閣虹到祕魯半自助旅行，探索亞馬遜雨林。（下圖）閣虹在美的寄宿家庭，很有愛心的一家人。

再闖德國

從計畫去日本到臨時換德國，女兒的恐懼、擔心在隔天醒來時突然消失，「事情就是這樣子，有什麼好怕的！」她開始上「超級密集」德語班，準備跟德文拚了！

親愛的孩子，奶奶必須得誠實告訴你們，出國當交換學生，並不是一件輕鬆的事情，尤其語言是最大的難關。不過奶奶可以透過女兒的一些文字紀錄與口述，讓你們有些概念，未來，如果你們也準備在國、高中時就飛往世界，或許能有所參考。

兒子的學習能力較強，加上苦讀，英文成績漸漸不可同日而語。女兒的學習路相對坎坷，她曾自創一套「笨蛋學習法」，透過增加跟外國人對話的機會，慢慢地熟悉進步，後來也能如魚得水。

一年之後，她結束美國交換學生的生活，回到臺灣就讀高一，因為英文成績加權計分，加上人緣好，她當上了班長，這是她從小到大沒有過的經驗。

雖然英文能力進步，但離開臺灣一年，其他科目有些銜接不上，於是她要求補習。一向不認同填鴨式教育的我，這次牽著她的手，走遍臺北著名的補習街——南陽街。

我們一間間地找，一間間地問：「我們想要在兩個月的暑假做重點加強，請問有這樣的課程嗎？」得到的回答大多令人失望，課程都是針對全學年的課業輔導，沒有只上兩個月的。

我跟先生談起這件事，他聽了直呼可憐，「好不容易由美國回來時，看到一個充滿快樂笑容的孩子，又要回到制式學習中，若因趕不上學業進度而失去笑容，那就太可憐了。」

照著課本念書的方式或許不是女兒的強項，但是女兒非常努力，一定還有很多舞臺可以發揮。

由於常去交換機構了解資訊，得知交換學生年齡限定在十五歲至十八歲之間，若安排得當，曾有孩子三年到三個國家，所以我大膽建議：「不如再讓她出國一年吧！」這個建議很快獲得先生全力支持。

去過美國，再來該去哪裏好？我們讓女兒自己選擇，這一次她不想飛太遠，「我想去日本。」

國家決定了，接下來是一連串申請流程，當然還有語言考核，女兒決定到日本後就到語言補習班報名上課。僅剩一個月的暑假，她把日文課程安排到極致，每天在臺北館前店、漢口店、松江店、中山店、三重店、蘆洲店，以不同課程、不同進度交叉上課，硬把十八週才能上完的課程，在四個星期內完成。

開學後，她回到花蓮慈中，我為她安排一位身為日本媳婦的朋友，作為假日接待家庭來練習日文。

不過我們同時陷入掙扎，因為不時聽到正在日本當交換學生的孩子說，日本的升學壓力及考試比臺灣更嚴重，那女兒適合在這樣的環境下學習嗎？

有個朋友向我建議：「歐洲某些地方念大學不用錢，像是德國。」該和女兒討論了，但也告訴她，一定會尊重她最後的選擇。

「如果去德國，你願意嗎？」我的提問，換來女兒一臉錯愕，她說需要幾天時間考慮，可是只剩兩天，繳交資料的期限就要截止。

女兒的日記寫著她的心情轉折——

說深謀遠慮也還說不上，那天晚上躺在床上，月亮看著我，我呆視天空的黑，也不知道自己當時在想什麼，真的很空白。如電影重播般，導演好像故意放慢每個小節，把鏡頭拉近放遠，很刻意地去抓呆滯的表情、泛黃的燈、僵硬的空氣。而我好像就是劇中的主角，自導自演著。

聽到可能要換國家的剎那，那一刻是好是壞，我說不上來。只是看著桌上那本有關德國的書，覺得一點都不可愛，也很陌生。我知道身體該睡了，但我醒著一整夜。

隔天早上沒有任何答案跟決定，帶著這樣的心情和爸爸去交換機構拿了幾份填寫資料，在回學校的火車上也沒多想什麼，有如訓練有素的臺灣高中生，不管老師給什麼，一拿到一定是班級、姓名、座號，一個都不少，基本資料我在火車上就完成，要不要去依然是個謎。

知道自己只有兩天時間決定，該跑的流程、該找的老師我都用第一天跑完了，但要不要換呢？還不知道。一樣的學校生活，一樣期待的午餐時間，卻多了一分猶豫。

第二天早上，那些恐懼、擔心在醒來時突然被破除，心想：「事情就是這樣子，有什麼好怕的！」感覺去德國其實比去日本還要稀鬆平常，彷彿打從很久很久以前就是要去德國的。

記得第一次帶她去自助旅行，我們就是去德國。或許冥冥中注定，這一次她要再飛往世界，德國會是一個不錯的選擇。

當她決定之後，我開始帶她處理去德國的一切。辦理德國簽證時，她還天真又興奮地問我：「我們現在要去見德國大使嗎？」這讓我不禁笑她，「孩子！德國在臺灣只有經濟文化辦事處。」

但我心中隱隱飄著一股憂愁，就在我詢問簽證資料時，電話那頭一連串的德文聽得我眉頭深鎖，這就是女兒未來一年要面對的新語言。

相對受到震撼的我，女兒已經快手快腳地開始學習德文，她再一次拿出自己研發的土法煉鋼法，用注音、英文，甚至學了一半的日文，在德文上標出發音，並在繁忙的高中課程中找出餘暇，匍匐前進，重新展開學習。

她在日記中這麼寫著——

決定前往德國時，高一學業再一個月就要結束，在學校附近要找個只教一個月的德文老師，又是教一個完全沒有德文底子的學生，聽起來就不是什麼輕鬆的工作。

沒有老師，要學，就只能自學！半強迫自己踏上自學這條路，只能說聽不聽明並不重要，重要的是勇氣。因為我知道自己只有兩個月，而且這兩個月絕對不能失敗。

手上現有的是兩本厚度不到一公分，擺在一起寬度不超過一張A4紙的《德文基本會話》和《德文單字簿》，我仔細盤算，如果從出國前兩個月開始算，要兩本都讀完，我每天必須要各讀八頁，單日總計共十六頁。

我不相信一般人有能力以一天十六頁的進度學習一個新的語言，更何況我還得應付臺灣高中學程，既然兩本我辦不到，那麼就捨棄一本吧！

最後我選擇留下《德文基本會話》，原因很簡單，因為我所謂的自學就是「死背」與「分析」，紮紮實實，只要自己不偷懶，一定有成果。

學期結束回到臺北，她又開始上「超級密集」德語班，綁起「必勝」頭巾，跟德文拚了！

一天，在醫院等候看診，我在第一診，女兒在第五診，隔著一張張座椅，長長的距離，我望著女兒拿著德文課本，一如半個小時前的認真模樣，一如坐在公車上時的專注。

事後她跟我分享，其實學德文最快的方式，就是累積英文的單字量：「德語和英語相似的詞彙高達八千個，發音也很相似，所以英文背得多，德文就可以如虎添翼。」

這也是我之前提到的，為什麼不大學才出國？因為年幼的孩子在學習語文時，聲帶、喉嚨發育尚未固定，在音調、發音的學習上會比成年人精準。

她也提起在美國當交換學生的經驗，認為無論學習哪一種語言，首先要學會能「保命」的單字，例如吃東西、坐車、基本問候等生活必用單字，有了這些單字，就不會餓肚子，也會搭車及跟人簡單聊天了。

「滿有道理的！」我聽得興致盎然，請她繼續講下去。

「再來是進階的日常對話，慢慢聽，慢慢猜，天天學，每天練習也就會了！這樣和大多數人溝通沒問題。」

「那如何在學校交朋友呢？」我又問。

「這我也有方法。」女兒的腦袋總有些可愛的點子，看她說話就感受到實際畫面躍然出現，「假如我喜歡哪些朋友，就跟他們選一樣的課；中午想和誰吃午餐，上午最後一堂課就和他一起，那就會順便一起吃飯；坐校車回到家有一段路，所以最後一堂課我就和鄰居選一樣的課，上下學那一段不短的路就不會寂寞了！」

小腦袋算盤打的很精！看來不必再替女兒擔心了。

女兒的積極主動，換來德國寄宿家庭的疼愛，她常說自己是一個擁有三個爸爸、三個媽媽、六個兄弟姊妹的幸福小孩呢！

暑假出發到德國，很快我就從部落格中看到她分享九月的班遊。她說，有的班級去波蘭，有的去瑞士，而他們班去法國，但期待中德法邊境的國境畫面，卻像臺灣再普通不過的停車場，甚至沒有柵欄相隔，唯一可辨認國境的只是一面人臉大小的歐盟國旗。原來歐盟一體，在歐洲沒有國境界線，只有城市與城市間的移動。

後來的戶外教學中，孩子印象最深刻的是成立於一九七九年的歐盟議會，她在部落格記錄著——

這是所有歐盟要討論事情的地方，也代表二十七個歐盟國、五億多公民；這裏舉辦過大大小小重要的辯論，決定了對所有歐盟極為重要的事，例如主張人權、自由和民主政體。

當遊覽車抵達時，除了建築物的外觀令人一陣興奮，徜徉空中的二十七國國旗，從容不迫，更是提升了一分貞潔。大門進入，映入眼簾的是一整片環繞的圓弧型壁牆，玻璃窗拉高了視線，抬頭一望，就是整片碧藍的天空，感覺好像在歐盟的懷抱中，寬敞的大廳，讓人不得不為這種氣派讚歎。十二星歐盟旗到處可見，讓人佩服的是語言翻譯，所有會員國的語言都有翻譯，走在長廊上，只是一次又一次地讚歎！

只能說自己很幸運，有機會進入最大最重要的會議廳，雖然只是參觀，但我有一種想法——我只是來自臺灣的一個十七歲無名小卒，卻可以坐在這裏，可能臺灣也沒幾位政府官員來過，更不用說在這裏開會，這感覺真的很特別。

看著她文字中的悸動，如同我在西班牙時看到小學生直接在高第的奎爾公園上美術課，少年要胸懷大志，多給女性一些機會，人生或有更多不同的可能！

（上圖）閣虹與德國接待家庭合照，她常說自己是一個擁有三個爸爸、三個媽媽、六個兄弟姊妹的幸福小孩！（下圖）班遊至法國，參觀歐洲最大最重要的歐盟議會廳。

小小文化大使

愛的傳遞，就是力量的來源。女兒柔軟的心，以及引導同學們為撫慰日本震災的努力與付出，相信能替受災民眾帶來些許溫暖的慰藉。

親愛的孩子，奶奶從帶孩子出國自助旅行，到支持並鼓勵他們出國當交換學生，其實享受其中的，一直都是默默在背後當推手的自己。

在教養兩個孩子的一路上，我從未覺得力不從心與艱苦，反而時時以旁觀者的角色，看著他們時而橫衝直撞，時而漫步優雅，以自己的特性、專長以及古靈精怪一路成長。直至今日再度回想，我仍然很享受那段放他們去飛、看他們成長的日子。

當兩個孩子陸續從國外回來，我覺得國際交換學生是一條確實可行的教育路，因此總是很熱心鼓勵朋友讓他們的孩子嘗試。

其中一位老友的女兒就要出發了，朋友問：「我在幫女兒準備行李，該替她買幾件上衣、褲子、鞋子才夠？要不要帶電腦？要不要帶手機……」無法終止的問題一個接一個，其實就準備行李這件事來說，永遠沒有準備好的一天。

我告訴朋友，「將心比心，反過來你若是接待家庭，敞開家門時，你會喜歡一個孩子帶來幾大箱個人行李，還是帶來一些能夠分享祖國文化的小飾品和點心食譜？」

從兒子準備出國當交換學生，與他一起準備行李，我就以「換位思考」為準則，讓孩子帶上文化交流用品，以便和寄宿家庭與同學有更深入的互動。

為何會有文化交流的想法？我認為，國際交換學生這份禮物對十六歲的孩子太大也太好了，這麼好的福氣應該多做一些好事回饋，所以我再次提醒女兒：「你去到德國的這一年，不光是為自己，最重要的是做個文化小大使。臺灣處境特殊，在國外我們大人是沒有辦法說什麼話的，而你們小朋友不同，小孩和小孩交朋友，把臺灣的人文及優美的風景介紹給外國朋友，這就是『學生交換，文化交流』的意義。」

就這樣，女兒的行李中，大部分是文化交流的資料與道具。當她抵達德國安頓落腳後，我還加碼寄了一些得以讓文化交流更順暢的材料過去。剛到德國時，碰上的第一個華人節慶是中秋節，以中秋節為主題設定內容，成了她第一項文化交流功課。

她嘗試透過翻譯，搭配圖片做成幾則能向同學分享中秋節的經典故事，如「嫦娥奔月」，除此之外，為了讓同學更感興趣，還帶上和Home媽奮鬥很久，一起做出來的「中德版本鳳梨酥」和同學分享。

過了幾個月，女兒又想如法炮製向同學介紹中國農曆年，也想教大家寫春聯、做燈籠。然而，如何說服有教學進度壓力的老師，讓她借用課堂時間呢？

之後，女兒寫信給我，詳實記錄著活動過程，這封信我看過一次又一次，覺得有趣極了。內容如下——

不是每個老師都願意借課，就像在臺灣的高中，老師自己的課都上不完，怎麼可能讓出來給別的副科借課，在這裏也是如此，有哪位老師會讓出一整堂五十分鐘的課，讓我來介紹臺灣的過年？我懂老師有課程的進度，雖然大家都說德國學校的課程很輕鬆，但一定的進度是必然的。因此我選擇在大章節上得差不多的時候，跟老師提起要借課的事。當時我靈機一動，想到手邊有一包牛軋糖，我帶著幾個朋友去找老師，告訴他：「我媽媽從臺灣寄了牛軋糖來，因為郵寄時間較久，目前快要過期了，如果不趕快吃完會壞掉，我想是不是可以在課堂上請大家吃？」一聽到吃，老師也跟著心動，一口答應我在課堂上發送，不過請吃東西不代表我可用整節課。於是我又告訴老師，中國過年時大家都吃這個，我是否可以乘這個機會，向同學介紹中國年呢？這時我帶的幾位同學就成了現成的說客，他們開始幫腔，說服老師借課給我介紹新年。

接下來，我又要向老師借課，想要帶同學們寫書法與做燈籠，老師這次學乖了，他沒有直接答應，也沒有直接拒絕我，只是問著：「你應該不會用到一節課吧？」我回答他：「這次不需要Powerpoint介紹，我『自己』只需要二十幾分鐘就能完成。」老師只聽到「二十幾分鐘」，很快就答應了！我在心裏偷笑，全班二十五個人，要教完全不會寫中文字的大家寫一幅四個字的春聯，肯定要用上一整節課，而且同學們只要一開始做，誰會不想就乾脆用掉一整節課呢？

於是，我們就這麼順理成章地用掉整整一節課的時間。

由於寫書法就用掉一整節課，所以我們並沒有做到燈籠，有同學看到燈籠，就問我：「我們會做這個嗎？」我笑笑說：「我很想跟大家一起做，但是我們已經沒時間了，我們可以下次再做！」結果同學說：「下午班導還有兩節課，我們可以繼續做啊！」於是我順水推舟地回答：「我只跟班導借一節課，如果要做，那你們就要幫我跟班導借課。」

下午上英文課，同學們就開始代替我問老師，愈來愈多人開始幫腔，最後老師忍不住問我：「做燈籠需要多久的時間？」這次我又回答他：「我『自己』只需要二十幾分鐘就能完成。」又是一個二十分鐘！但想也知道，接下來的整堂課又不小心地過去了。

看著女兒的信，雖然占用老師的課堂時間實在不好意思，但身為母親，我卻在心中大力地替她喝采，小小年紀的她，真的好好地在扮演文化大使的責任呢！

二〇一一年三月十一日日本東北發生大地震，並引發海嘯，這個被日本稱為國難的地震所釋放的能量約是臺灣九二一地震的兩百五十六倍，相當於一萬顆廣島原子彈的破壞能力，日本沿海大片陸地被海水淹蓋，沿岸房屋、汽車以及人命隨著海水飄流。

事發後幾天，我收到女兒從德國寫來的信——

現在德國每天都是日本的報導，雖然我人在德國，但是日本是臺灣的鄰居，也曾是我要去當交換學生的國家，現在只要看到新聞影片，我都會忍不住哭泣，太恐怖了！此刻的我可以做些什麼事情幫忙日本嗎？

信件雖然很簡短，但我卻可以感受到她巨大的悲傷，於是我回信告訴她——

好孩子，你真的長大了，懂得關懷與付出，我們真以你為榮！在苦難中長養慈悲，在繁瑣中學習耐心，我想到有幾件事可以做：

1.分享地震經驗。隨著中國大陸崛起，歐洲人早晚會和亞洲人頻繁接觸，亞洲的區域地型與氣候都是他們可提早了解的。就你在花蓮慈中念書時經歷過的地震、颱風情況如何？怎樣面對？都可以分享，這樣可以擴大同學甚至於老師的視野，而你自己也可以從準備中更認識如何防災。

2.鑑古知今，歷史會跟我們說再來該怎麼做。九二一大地震重創臺灣，但慈濟人蓋了希望工程，蓋了希望小學，大地湧現菩薩，雖然人生無常，但慈濟人用行動幫孩子復學，這裏面故事可多了，你可以介紹給德國同學及老師聽，例如那時外婆常去南投災區做香積幫忙煮熱食給災民，阿姨一家人也去鋪設連鎖磚。這些事你可打電話問外婆，上次外婆生日還特地帶我們去參觀幾所希望工程小學，裏頭特地保存因地震隆起扭曲的運動場跑道、二樓變成一樓的殘破房子，真是令人震撼。

3.詢問德國慈濟聯絡點，有什麼是你可以幫忙做的？

4.外婆教導我們，有一碗飯時分一些給別人吃，因此在臺灣的我們有錢出錢、有力出力，我們相信慈濟會將錢確實用在災民身上，爸媽已捐款給慈濟，也鼓吹親友捐款。

不過如何做，要看你手上的資源而定，有些事父母只能提供意見，你還是得就自己有興趣的、能策畫的部分去發揮了。

我的信給了女兒方向，她用德文、日文、英文和德國及日本慈濟會所聯絡，找到慈濟德國漢堡聯絡點，得知有街頭募款活動，基於學生不宜，最後選擇募集同學愛心，邀約大家一起製作卡片，將這分愛與祝福的力量寄到日本。

雖然過程中不是很順利，同學們都想做，但不是忘了帶就是弄丟卡片、缺東缺西，終於大家都交來各自的小卡片，女兒還要設計整合成一大張海報。問題又來了，因為卡片太大張，不摺的話，光運費就要四十四歐元，為了降低成本，海報的形式也要跟著改。本來想做成幸運草的形狀，為了讓海報可以摺，她把形狀改變後，運費只要十三歐元。

從郵局回來的路上，她說自己笑嘻嘻的：「跟春天出來的陽光一樣燦爛，覺得好舒服，空氣吸起來特別自然，腳踏車的影子閃爍著，手從把手放開，讓車頭自由搖擺，騎過的小石子，發出『喀嘍喀嘍』的聲音，就好像飛往日本的飛機，引擎響起，來自德國的祝福啟程了！」

我在三一一地震相關報導中，看到一名日本救難隊員說：「望著怎麼清也清不完的瓦礫，想到遇難的朋友，悲傷到流不出眼淚！只有手機中孫子的簡訊帶來振奮自己的力量。」這名已經當了爺爺的救難隊員感性地說，想到泥沙中或許還有和孫子同年齡的孩子泡在水裏，用這樣的心，他在傷痛中持續挖掘。在此同時，城市的孩子不能去災區，用合唱團的歌聲唱出心中對災區同胞的鼓勵與加油。

這讓電視機前的我深信，愛的傳遞，就是力量的來源。女兒與同學雖然只是寄去一張張的卡片，但她堅信這些來自德國的問候，能替受災民眾帶來些許溫暖的慰藉。

女兒與同學們一起做的卡片，後來順利地寄至日本慈濟分會，當地的慈濟志工也特地寫了封信感謝她。

菩薩：

你寄來的祝福卡，這個月八號我們要出發去日本東北發放時，會一起帶去。你們的祝福將在災區讓他們感受到溫情，請向你的同學們轉達我們的感恩。

女兒柔軟的心，以及為撫慰日本震災的努力與付出，身為她的母親，我深受感動。德國師長也一樣悲傷憐憫，但女兒卻決定引導同學們將愛的能量化為行動力，與其原地煩惱，不如起而行「愛灑人間」！

（上圖）閻虹教德國同學寫春聯，體驗華人傳統農曆年。（下圖）日本三一一大地震後，邀約同學製作祝福卡，轉請慈濟送至災區。

一甲子功力

在孩子每次瀟灑起飛前後，做父母的我也會面臨一次次煎熬，一次次擔心，但孩子已培養好堅毅的執行能力，我只能祝福他們靠自己的力量挺過各項難關。

親愛的孩子，當我的兩個孩子陸續到美國、德國當交換學生時，很多朋友會問：「孩子單獨在國外生活，你擔不擔心？假如是我的小孩，我想到就很煩惱！」我都笑笑回答他們：「擔心？擔心的事早就該處理好，事到臨頭，擔心已經來不及了！」

一直以來，我的教育原則就是守護孩子，讓他們敢於創意，敢於發想大格局的夢，並且保有原來的自我，不一定要照著別人的路及現有制度走，希望他們不設限地飛揚。前提是孩子已培養好堅毅的執行能力，然後在每次瀟灑起飛前後，做父母的我也會面臨痛苦的蛻變過程，一次次煎熬，一次次擔心，只能提醒自己「要用心，不要操心煩心」，最後還是放手讓孩子獨立。

我想起自己的父親以及公公二人，那一年他們不過是十九歲的少年就跟著國民政府來到臺灣，兩人都是家中長子，都是第一次離家，一離家就到了距離這麼遠的小島上。幸運一點的，衣服裏還縫有父母藏的錢、金子，但也有花完的一天；包袱裏的幾個饅頭也有吃完的一天。一顆驚慌失措的心，何日能再回去見爹娘？

在臺灣，他們面對這一小片土地卻因陌生而顯得廣大，一年年盼著返家，一年年承受失望。於是，他們逼著自己在此落地生根，舉目無親、金援無著，獨立在異鄉試煉生命的堅毅。

回過頭來看看我的一雙兒女，雖然只有十六歲的年齡，但他們不是被迫離家，相反的是承載著滿滿的祝福，行囊裏盡是父母用心添購的暖冬衣、帥氣球鞋，口袋裏是零用錢及旅行支票，袋子裏不是硬硬的窩窩頭，而是巧克力甜點等零食。

而海洋的另一端，有一個新家庭願意為他們打開大門，準備溫暖舒適的床鋪，引頸企盼著他們的到來，準備展開雙手把他們擁抱入懷。

在安全的範圍內，我會靜靜觀察孩子適應上的困難，用言語鼓勵、陪伴他們；而我的雙手是放在背後的，不會主動伸手援助，我祝福他們能靠自己的力量挺過各項難關。

然而不同於行動，我的心卻有著無止境的思念。

女兒在美國的時候，我的心無時無刻都在她身上，計算著時差，細數著季節更替，心想美國的冬天勢必比臺灣嚴寒好幾倍，因此在一次又一次下班後，走遍大街小巷尋找適合氣溫且她會喜歡的外套，顏色不能太紅，也不要粉紅，必須契合她對顏色的堅持。

我在臺灣時時祈求遠在國外的孩子能順遂平安，但我明白日子不會永遠是晴天，只祈求磨練來時，孩子能有勇氣站起來，並從中習得智慧。真正值得學習的事情都是教不來的，我始終相信，人生真正的學問不是在教室裏習得，而是體悟所得。

女兒高中時，因為兩次出國當交換學生，因此讀了五年才畢業。畢業前夕跟她通電話，她依舊忙碌，忙著準備畢業典禮的表演節目。朋友的女兒興奮地跟我分享：「阿姨，姊姊好棒，她要代表高中部的畢業生致詞。」我猜想，女兒沒告訴我這件事，或許是為了讓我在畢業典禮當天有個驚喜，怕我提前知道可能會比她還要緊張。

畢業典禮當天，女兒在寬闊的靜思堂內，面對上千人，以穩健的臺風，完全掌控全場氣氛，每個笑點、淚點都穩穩到位，令人動容，高潮迭起，就連師長都不禁拍手，也逼哭了陪伴多年的慈誠爸爸與懿德媽媽們，學弟妹們更是捧腹大笑。

坐在臺下的我不禁想起自己學生時期，總喜歡躲在角落，期待最好不要有人注意到我，誰能想到，我的孩子竟是如此自信與勇敢，心中不禁讚歎！曾幾何時，我那個天真可愛又單純的小女孩已經長大了，望著在臺上自信從容的她，我想是這兩年的交換學生經歷，讓她足足增加了一甲子的功力，如今她已經是自己的老師了。

誰能想像這個站在臺上代表畢業生致詞的女孩，多年前曾是以低空掠過的成績考進這所學校？我跟其他家長一樣在驚訝中不停地鼓掌，她穩健的臺風，完全是在國外一次次主動爭取機會，為美國、德國同學介紹臺灣所磨練來的。

而能順利適應兩國交換學生的歷程，孩子說很感謝在慈中校園及宿舍養成規律的生活，所以在國外時，她懂得要融入陌生環境，必須趕快過回規律的生活，學習上也才能保有效率。

兒子高三那一年，在你們爺爺的生日前夕，他沒辦法回來一同慶生，就寫了封信回來，裏面除了祝福，還有個神祕禮物，那是兒子的英文TOEIC多益成績，滿分九百九十分，他拿到了九百七十分的高分。

先生看了，眼裏盡是欣慰，當屆高三學生參加大學推甄，多益成績在九百五十分以上的，全臺只有二十三人。

我們細細思量他英文能拿到好分數，或許也和擔任交換學生時，募書活動不停和人溝通、在各式場合裏介紹臺灣文化有關，逐步累積了英文能量。隔年女兒報考TOEIC英檢，也取得九百三十分的好成績。

國際交換生生活，似乎打通了他們的任督二脈，英語能力直線上升，然而這還只是收穫的一小部分。在他們身處異鄉時，結識了許多來自不同國家、膚色、宗教的同學，在交流中，以海納百川的方式，汲取了對生命與生活的體悟。

交換學生回到臺灣，為了經驗傳承，通常都會舉辦分享會，內容也是國際化的。一回，交換機構的主任分享，有位交換學生來自長年戰亂的國度，他的國家沒有任何民航機，美國甚至得出動軍機去接他，更難以想像的是，他在他的國家看到的外國雜誌都是被剪過的，因為政府會先監看並撕毀不當的訊息。

那個孩子說，他到美國的第一個晚上幾乎無法入睡，不可置信「怎麼會有如此寧靜的夜晚，完全沒有炮彈與炮火聲。」翌日上學，看見全班同學再度聚集，他更是訝異，因為在他的家鄉，每次回到學校，班上總會少了幾個被戰火攻擊死亡的朋友；對他而言，美國再普通不過的超市，架上滿滿的各式青菜、水果，都是他未曾見過的畫面。

國際交換學生到了海外，除了英語的學習、人際交流，同時也親眼看見書本上、國際報導中的世界，這才是最可貴的地方。我們習以為常的平凡平靜生活，並不是唾手可得，並非生下來就必然擁有。

如今他們走出家門，離開父母身邊，眼界自然變得更為寬廣。這也是為什麼我總是告訴朋友：「每個父母對孩子愛的方式都不盡相同，出國當交換學生只是其中一種，如何放手？如何保有孩子自我，讓他們自由自在成長，父母的觀念是關鍵！」

讓高中階段的孩子，獨自到國外當交換學生，與來自世界各國的同學，交流自己國家的文化，開闊視野。

輯五

欣賞這芬芳

胸懷大志的少年

在美國募二手英文童書、催生香港體驗營，兒子敢於構思與實踐，在出版《少年，要胸懷大志》一書自序中寫下：「相信自己，總有夢想起飛的那一天。」

親愛的孩子，還記得奶奶曾說，兒子跟女兒小時候，我給他們的玩具「接接」，大多需要思索與拼接，隨著不同年齡，兩個孩子在「接接」中所展現的創意，常常令我驚歎不已。

有時候，我也善用工作中產生的廢棄物讓他們玩，像是大型紙箱，既可以鑽進去變成一個獨立空間，也可以在紙箱上盡情地作畫，兩個孩子常常在紙箱中一玩大半天。偶爾傳來他們天馬行空的想像，有時紙箱是他們的專屬小屋，有時化身成一部汽車，再有時候，是媽媽我都不得進入的祕密基地。

當紙箱變成祕密基地時，我也會想像，兒女現在的世界是繞著我轉，哪一天他們長大了，就開始建構屬於自己的世界，那個世界中，有他們的夢想、目標以及未來，我對他們來說，將不再巨大，而是愈來愈渺小。

這一天總會來到，只是我沒想到竟會來得那麼快。

兒子還在美國當交換學生時，因為學校有為期兩週的春假，在取得Home媽同意之後，邀我前往拜訪小住數日。我抵達當地，他已縝密為我規畫了一週的紐約、波士頓、華盛頓自助旅行。

出發前，我們帶上巴西弟弟一早做好的三明治，還接過Home媽開玩笑附上的一條鐵鍊，因為她有點擔心在治安不好的紐約，十六歲的孩子會把媽媽搞丟，所以要我們一路緊緊相依，才能安全返家。

「You look so young!」在紐約入住旅館辦手續時，櫃臺人員詢問：「你們是男女朋友嗎？」這已經不是第一次被誤認了，每次和一百八十公分高的兒子結伴旅行，偶遇的旅人總是猜「你們是姊弟？」有次和戴口罩的兒子在蒙古烏蘭巴托旅館時，居然還被猜是夫妻呢！當他們知道我是媽媽後，總是換來一陣驚訝。

我猜，也許是因為我不像媽媽吧！由於常常自助旅行，常常當學生學習各種事物，在不限於當媽媽的角色中，久而久之就不像媽媽了。我從孩子小學開始，每兩、三年自助旅行一次，每次有十五天以上當自己，數十年來一週上一至三種課。

這趟旅程中，兒子上網訂火車票、旅館，並規畫全部的行程。我們參觀了帝國大廈，也去看了一場百老匯舞臺劇《媽媽咪亞》，那是一齣歡樂的舞臺劇，整場哄堂大笑，兒子也笑開懷，但是我除了一首經典老歌外，整場全英文對白幾乎都聽不懂。

最令我印象深刻的，是這趟旅程的第一站，兒子心中的聖地麻省理工學院（Massachusetts Institute of Technology, MIT）。

我們在一位建築系大三生的導覽下漫步校園，一覽新奇有趣的建築群，認識掛在走廊兩側肖像中的知名教授與科學家，參觀隊伍最後來到面對市區的查理士河畔，我們在一片青青草地上席地而坐，享受著碧綠草地與蔚藍天空融為一體的大自然之美。

正當大家忙著拍照留影時，只見兒子獨自走到學院最著名的圓頂工程圖書館前，背對著查理士河，緩緩地在水泥地前跪了下來，匍匐在地上的他，額頭貼地，在水泥地上落下輕輕一吻。

突如其來的這一幕讓我印象深刻，我不去打擾他，等到他回到我身邊時，才問：「剛剛你獨自在那裏，心裏想著什麼？」

「總有一天，我要來讀麻省理工學院。」

美國開放式教育讓孩子找回學習的初衷，想起他從美國回來時，滿臉笑容，標準陽光男孩，因考慮男生須服兵役且國中成績不錯，所以回國後直接跳讀高二，當然成績總是吊車尾，再加上準備學測，笑容一點一點失去了。

高中畢業後，他辛苦通過大學學測，從谷底成績再次努力爬升至花蓮慈中榜首成績，順利錄取臺灣大學財經系、清華大學動力機械工程學系以及電機資訊學院學士班和北京清華大學。除此之外，也錄取香港大學及香港科技大學。當年排名亞洲第一的香港大學開始來臺招攬優秀學生，兒子聽了說明會，覺得有趣，因此經過一次又一次面試，終於考上香港大學。

然而礙於臺灣法令，接近役男身分的他無法出國就讀，我們將決定權留給他，退而求其次念清華大學也好，或者先當完兵再重考港大也是一個選擇。

為了這個決定，他二話不說便飛往香港參觀香港大學，也買了張車票前往清華大學，仔細看過並分析兩間學校的優劣後，仍然無法下妥決定。於是他做了一個大膽選擇，就是先入伍當兵，退伍之後，就能無牽絆地決定人生所向。

報到前一天，兒子按照規定理了一個大光頭，我們全家人陪著他夜宿花蓮，隔天凌晨親送他去花蓮火車站報到，在慈中導師陪同下，一起看著孩子加入同梯部隊中，一起蹲坐在地上整隊等候。

我想起兩個孩子剛要上學時，幫他們買了嶄新的書包與布鞋，兄妹倆開心地穿著、背上，搖搖晃晃在家中走來走去，興奮得不得了。

如今，兒子竟然要當兵了。

當兵後期，兒子常要接待新兵，其中不乏碩博士班畢業的新兵，他看到一些令他失望的大學養成教育，下決心要到香港大學，也看看世界。兵役結束後，兒子順利重新考取香港大學。

在港大學習的過程中，他發現，香港的大專院校包括香港大學、香港科技大學、香港中文大學等，因為投資重金聘請知名教授，在提升教學品質上有所成效，屢屢在世界各大學術排名中名列前茅。香港大學更在二〇〇九年至二〇一〇年被英國知名的QS學術評鑑機構評為亞洲第一的大學。

孩子將到香港念大學，如同多年來每次他們離家較久時，我不是叮嚀課業，反而關心他們的身體及生活常規，我認為生活打好基礎，自然能有好的學習狀態，因此只叮嚀他這兩件事情：「睡眠和早餐。」這是我十多年來上「分子生物課」時重要的心得。

分子生物課的涂承恩老師在美國約翰．霍普金斯大學、德國柏林醫學院進修自然醫學，學習最先進的醫學知識，並有戰勝鼻咽癌經驗，許多醫師都是他的學生。課堂上，老師以深入淺出的方式，讓我們在了解之後，進而在生活中實踐執行。

其中「早睡早起不熬夜」最為關鍵，老師告訴我們，人類的身體有專門的檢查細胞，稱為「P53細胞」，由於一般的細胞每天都會執行自殺或複製的指令，藉以新陳代謝，當細胞想複製時，P53細胞就會展開仔細的檢查，若是好的細胞，會開綠燈通過放行，讓它得以複製，若是不好的細胞，P53細胞會直接亮紅燈下令讓細胞自殺。

而P53細胞的工作執行都在晚上，因此若我們晚上不睡覺，P53細胞就無法專心檢查，也會因為恍神而亮出黃燈，不小心讓不好的細胞一步步複製，這就是走向癌症的開始。因此大家熟知的早睡早起並非只是口號，而是身體的真實運行，有了好的睡眠，學習能力自然會好。

再來一定要吃早餐。人們並不只是這一生短短的壽命，身體ＤＮＡ其實記載著祖先幾億年來的演化。老師告訴我們，我們的祖先在農耕時代的作息早已設定在ＤＮＡ中，早起耕作，必須吃早餐才有力氣，所以腸胃膽汁在每天早上都會依設定先分泌好備用。膽汁是濃稠的，我們口中進食，嘴在咀嚼時細胞已通知腸胃膽汁做好準備，以便食物到達胃部就能處理油脂。若常不吃早餐，每天固定分泌的濃稠膽汁容易卡在細細的膽管中，增加膽結石產生的機會。因此早餐必須固定進食。

孩子離家的日子，我希望這兩個生活常規能成為他的好習慣。

孩子安排妥了生活，漸漸換成廣東話和全英文模式後，也感受到香港讀書成為兩岸三地頂尖學子日漸普及的選擇，「然而，在金碧輝煌的排名背後，學生能否理性地審視大學教學資源以及教學風氣，因著自己的需求，找到一間真正適合自己的大學，其實是今日學子在大學氾濫的情形下應該去探索的。」兒子說，這個想法逐漸在他的心中發酵成一個計畫。

二十一歲那年，他將計畫逐步成形，籌畫一場近百人次、三天兩夜的「香港大學體驗營」，在香港設計及運用資源，再到臺灣高中寄發海報，並且隔海聯絡臺灣各高中爭取辦理說明會。

過程中，他整合六個國家的同學團隊，一路過關斬將，克服政府與學校的法律問題，最後成功把六十位臺灣學生帶至香港大學參加體驗營，更請來退休外籍主考官當場讓臺灣學生實際演練全英文面試。

這項活動此後成為港大每年固定的營隊，由香港大學臺灣學生會舉辦，帶著臺灣的高中生體驗香港大學的生活。

首度體驗營出發的前一晚，你們的爺爺還感性地對兒子說：「孩子長大了，要去帶其他孩子了。」

是啊，孩子長大了，他開始追逐屬於自己的夢，並運用實力逐步踏實地完成。二十六歲那年，他跟朋友合夥創業，至今仍在事業上積極拚搏，而我與先生只能在一旁為他加油、給予精神上的支持與鼓勵。

或許在美國的募書活動，兒子早已從中學會整合資源的技能，這也讓他敢於夢想，催生「香港體驗營」的構思與實踐。

過往的努力，都會一一留下痕跡，如同之後兒子出版《少年，要胸懷大志》一書時，在自序中寫下的話：「相信自己，總有夢想起飛的那一天。」

閻華就讀香港大學時，自力舉辦臺灣高中生港大體驗營，獲得熱烈回響，此後成為該校每年定期舉辦的活動。

遊戲中的作文課

光陰的故事像一條河流，生活中，真實快樂、難過當下有感而發寫下的文字，未來將會成為通往過去的祕密通道，是日後重回時光隧道的鑰匙。

親愛的孩子，奶奶在這近六十年的人生中，親筆寫下的近乎日記的文字，就是《寶貝日記》。當中記錄著兒女從出生到幼稚園的童言童語，是我利用忙碌工作和帶孩子的一點點空檔，在奶瓶和尿布堆裏搶時間寫下的一些生活小事，外人看來或許微不足道，但這些在孩子哭鬧稍息、沈沈入睡時，趕快記下的隻字片語，如今看來卻如此寶貴。

小時候除了念繪本、故事書給孩子聽，他們也很喜歡依偎在我身邊，聽我念《寶貝日記》，常常母子三人說著、聽著，最後笑成一片。

其中一則寫到，有一陣子兒子突然很好奇魚的牙齒，有次看到一條魚，我就機會教育讓兩個孩子一起觀察魚的牙齒，講解一番之後，引伸了一些問題繼續討論。最後，忘了是哪個孩子問我：「媽媽，魚是怎麼大便的？他們有屁股嗎？」

我說：「那你們要好好觀察魚缸中的小紅和小黑了。魚大便時會有一條長長的便便，很容易看到，但是魚尿尿就不容易看出來了，因為在水中。」孩子又好奇地問：「魚是怎麼尿尿的，男的魚站著尿嗎？女的魚坐著尿嗎？」

又有一則寫著，有次我和兒子一起看著他二阿姨隆起的肚子，裏頭正有一個小生命悠然成長。於是我跟兒子說：「以前你也是在媽媽的肚子裏。」

討論之後，兒子有些有趣的聯想，抬起頭來認真地問我：「那我在媽媽肚子裏時，媽媽喝水時，水會不會淋在我頭上？媽媽吃的飯會不會掉在我頭上？對了，假如我要戴帽子，那媽媽是不是從嘴巴打開丟一頂帽子給我?」

好幾次讀著《寶貝日記》裏珍貴又可愛的記錄,我都慶幸自己當初有保留下來,成了日後我和孩子之間永遠也不會忘懷的寶貴回憶。

這樣的體悟,也成為我日後鼓勵孩子寫下生活點滴的契機。

「媽媽,我想要打工賺錢!」放學後,才小學年紀的兒子回到家,沒頭沒腦地向我提起這個需求。我沒有拒絕,知道自己給孩子的零用錢不多,所以給了他另一個方向。

「你是學生,打工不太合適,倒不如寫文章投稿到各報社,一來練習作文,課業上有幫助,二來還可以賺稿費呢!」

我告訴兒子,自己國小時,老師常鼓勵全班投稿,當時我們班上高手如雲,國語日報幾乎每個星期都刊登了班上同學的作品。我努力很多次,終於成功登載一篇文章,看著自己絞盡腦汁寫出來的文章和一張微笑的大頭照被印刷成報紙,心裏的成就感無法言喻。當年報社寄來十五元的稿費匯票，至今仍清楚存於我的記憶深處。

我的引導讓他找到了方向，兒子開始認真一篇篇寫著，並將文章投稿到各報社。當那篇〈爸爸什麼都不像！〉被刊載在報紙上時，他看著自己手寫的文章變成了印刷字體，心裏頭喜孜孜的，從此只要靈感一來，就會伏案寫作。

而我為了以身作則，也跟著一起寫文章投稿，真有幾次被刊登出來，其中一篇〈天堂家書〉稿費居然高達一萬元，是令人驚喜的意外收穫。其實稿費是其次，生活中真實快樂、難過當下有感而發寫下的文字，未來將會成為通往過去的祕密通道，是日後重回時光隧道的鑰匙。

鼓勵孩子留存記憶並用文字表達自己，其實也有教育目的。記錄心情本身就是享受，在享受的過程讓孩子留下每個「第一次的心情」，也同時是在啟發孩子愛上寫作。

我最常把握心情起伏和特別境遇的經驗，例如旅行。尤其出國自助旅行，會發生許多新鮮的經驗，每天晚上回到住處，我就跟孩子聊聊當天發生的事，有什麼特別的印象和感觸，聊著聊著，他們會乘記憶猶新趕快寫下來或畫些圖畫。

隨著他們成長，督促他們提筆寫作的方式也得跟著改變，一如女兒即將啟程赴美展開國際交換學生時，我鼓勵她在為期一年的日子裏，可以將在異國的特別經歷與心情記錄下來，並且設定「遊戲規則」，向她提議道：「如果你寫出一篇文章，我就給你一美元。」

女兒一向不是那麼注重物質，衣櫃裏的衣服來來去去都是那幾件，要幫她添購新衣，她不要，外婆要給她三千元零用錢，她也不肯收。但這個「一美元的遊戲」，她反而覺得好玩，開開心心地同意了，一篇篇文章也就這麼產生出來。

日後，她到德國當交換學生時，我依法炮製，獎勵變成一篇文章一歐元，她也玩得不亦樂乎，到了後來更是欲罷不能，文章愈寫愈多。

一次一次練習，孩子很自然可以拿起筆來表達自己，久而久之就養成記錄的習慣，甚至愛上寫作，把自己的體驗、學習和成長寫下來。過程中，我也能藉由文章瞧瞧孩子在異國發生什麼新鮮事，同時也幫助我更了解他們，與孩子有更好的溝通互動。

隨著在美國愈來愈適應，有一天女兒突然宣布，之後要改用英文寫作，後來到了德國則改成德文寫作。哇！這下我就看不懂女兒的分享了，只好靠Google大師翻譯，但總會出現奇怪又不通順的翻譯字句。這讓我因此能體會鄉下父母送孩子往城市發展的心情，感覺自己在某些方面似乎離孩子愈來愈遠，不過身為父母，我會永遠祝福孩子，盼望他們能變得比我們更好。

光陰的故事像一條河流，聽見自己心裏的聲音，用篩子撈起寫下心情日記，提醒日後疲累的自己記得那分感動，生活不只是為了生活，那是用每一天生命去換來的！

即使是失意、失戀，我都鼓勵他們寫下心情，畢竟會感動人而傳唱千年的詞曲，也都來自真實生活的感觸，不是嗎？

發表是吸收的利器，不只可以磨練寫作技巧，還可以深入自己的內心，開發感官覺知。兒子小學時，分享了他的寫作心得——

國文的部分都是靠作文拿分，小時候閱讀多，看書多，腦中浮現句子就多。國小時很享受寫作文的樂趣，愛上文字流瀉出來的樣子，文字慢慢出來，這種感覺讓人害羞，因為你不知道還會寫出什麼東西，文字就是那麼真實。

心思細膩超過某種程度，很多事情讓自己變得多愁善感，覺得自己很漂亮、很美麗。我覺得自己心思細膩是由作文培養出來的，我小時候寫文章的時候，有種跟自己談戀愛的感覺，有自戀的感覺，我覺得很奇怪，愈寫臉愈紅，寫作文時會讓我進入一種狀態，會讓我變成女生。

寫文章時很快樂，看自己寫出多少字數，是一件很快樂的事情。還有用形容詞，用譬喻法形容是件再浪漫不過的事，例如「如什麼什麼」、「像什麼什麼一般」把腦袋中的感受變成文字，會讓我有新的東西綿延不斷跑出來，我的精神還有靈魂也可以藉由文字發洩出來。

兒子出國當交換學生前，試想未來的一年必有太多所見所聞會令他有感觸，所以我鼓勵他未出發前就開始留下紀錄。同時我想起「小錢遊世界」那堂課的老師曾經說，她兒子將在德國當交換學生一年的經歷寫成了一本書，我心想：「如果兒子也出一本書呢？若能激勵其他同齡的孩子們，讓生命有更多的可能，也是好事。對兒子而言，更可以藉此機會留下生命的精彩片刻與最初的感動。」

出書對我們而言，完全是天方夜譚。為此，我土法煉鋼，一家家書店找尋靈感，一面翻看一些親子書、教育書，找出幾本性質符合的書，然後將出版社抄下來。我將過往大愛電視臺採訪兒子的專訪拷貝成光碟，連同推薦信，毛遂自薦寄至幾家出版社。

所有的自薦函都石沈大海，但我不放棄，另找幾家出版社再度毛遂自薦，最後終於有兩家出版社回函，說他們有興趣合作。

兒子在美國期間，我變成出版社和他之間的橋梁，待他回國跳讀高二時，乘著課程前僅剩的休閒時間，再一一回想、補充，將一段段的文字書寫出來。當然孩子思緒卡關的時候，我就和他用聊天的方式，帶他回到那個時間點。同時，出版社覺得我的教育理念很有趣，鼓勵我也寫一本書。

永遠記得二〇一一年的跨年夜，那天晚上我跟兒子相偕去一〇一大樓看煙火。午夜十二點煙火秀開始前，我們早早就圍上圍巾、套上禦寒大衣走出家門，來到大樓裏的Page One書店，母子倆在書店裏兜轉了一圈，後來還是決定找上店員，請他幫忙找書。

聽著心臟傳來強而有力的震動聲，嘴中輕吐著書名，等待店員再次來到我們眼前。

不一會兒，店員遞來一本書。我跟兒子向他道謝，兩人的眼光聚焦在手中這本新書，那是當天才上架的《少年，要胸懷大志》，封面上印著兒子的名字，和一張我在美國白宮前幫他拍的照片。

經過多年努力，夢想終於實現，我的心就像煙火一樣，砰砰砰地爆出美麗的煙花。這一次不只是一頁薄薄的報紙，而是一本厚達兩百三十三頁，可以觸摸、翻閱，並一次次神遊其中的書。這一年，兒子正就讀香港大學一年級。當時我們都覺得出書這個夢做得很大，但竟然如願成真，至今我依然覺得跟做夢一般。

而我的那本書歷經十年，就是你現在看到的這本書，夢想成真是如此珍貴！在追夢的過程中，有的是外面的阻力，更多的是內在拘束自己，自己先把自己打敗，認為自己不行。十年了，我之所以一直不放棄，正是因為我們大人也是這樣鼓勵孩子：要設定目標，勇往直前！

所以，不要小看自己，人有無限可能。

（上圖）回程班機上，鼓勵孩子寫下旅遊點滴。（下圖）《少年，要胸懷大志》一書，是閻華在美國當交換學生期間所寫下的紀錄。

換孩子帶我看世界

「這工作帶我看到所謂的驚豔以及貧富差距，住過紐約時代廣場旁金字塔上的五星級酒店，也買過路邊赤腳非洲大媽叫賣的芒果及大鳳梨……」——女兒的信

親愛的孩子，前兩封信提到兒子在成年之後敢於夢想與實踐，而女兒呢？當然也走出了一段璀璨的人生路。

在她小學三年級時，我們全家一起到日本自助旅行，我看她對空服員很好奇，特地徵詢可否合照，想不到親切的空服員把女兒抱了起來，這一抱，開啟了女兒想當空服員的小小心願。

高中畢業後，她順利考取一間離家不遠的大學，高中在三個不同國家念了五年書，期盼上大學也享受跟著老師的學習。但班上讀書氣氛不佳，全班七十多人中，大多熬夜、玩電腦、翹課、缺席，白天上課時僅

有十多人，這讓她有些失望。雖然她體恤同學們，或許是臺灣的高中生被壓抑太久，上大學後再沒人管，初嘗自由，才會如此大解放。

她告訴我們，她想回德國念大學，但實在是分離太久了，我們希望她暫時安定在臺灣。

她就繼續著大學學業，當收到美國寄宿家庭的喜宴邀請時，她為自己安排假期飛往美國參加婚禮，機票錢還是自己出的。幾天之後，我與她通上電話，她在電話中遺憾地跟我說：「媽，我看到一張阿聯酋航空的招考海報，要求學歷只需高中畢業，可惜等我回國招考就截止了。」

女兒傳來那張海報，我根據上面面試的日期與時間，當天做完家事就抵達現場，看見隊伍排得很長。當時腦中沒有太多想法，就是代替女兒來排隊，只是想著若真的排到了，該如何用破爛的英文解釋我是誰？

報考踴躍，排到我後面兩位就截止了，大家等了兩個小時，結果又說擇日再進行面試。這讓所有排隊者都非常不開心，許多人由南部一早頂個大濃妝而來，甚至還有從澳洲特地飛來臺灣面試。雖然我沒見到面試官，不過在漫長等待中仍有不少收穫，與隊伍前後的人聊天，了解考試內容和履歷該怎麼寫，甚至加入一個社團群組。

女兒回國後，我興沖沖地將這些資訊與她分享，她笑著接過資料後，自己也認真花了許多時間上網蒐集情報、整理題庫，並且寄送履歷。不久，她收到阿聯酋航空的面試邀請函。

這是她人生第一場求職面試，不會化妝也不會整理頭髮的她，清晨四點鐘就抵達妝髮設計師的家中打扮，並且在面試前兩個小時，就端正地坐在面試場地等候。事後她告訴我，她是在創造機會，「為什麼早上九點的面試，我七點就到又坐在第一排？因為根據網路上一些空服員的經驗分享，據說這樣能增加曝光率，加深考官對我的印象。」

那天的考試一關接著一關，每關預計淘汰掉一半的人數，女兒就這樣一路過關斬將，離開面試飯店時，都已經深夜十點了。一整天，她幾乎沒有吃東西，因為她不會化妝，更不會補妝，怕口紅會缺角，因此不敢吃飯，就連喝水也很小心。她還說一整天下來，一點也不輕鬆，「我一直坐得直挺挺的，還要不失活力，保持亮麗與精神，哪怕是呼吸也只能吸半口，就怕沒氣質。」那年她二十歲，最後取得阿聯酋航空及卡達航空空服員的資格。之後，她放棄大學學業，即將飛往杜拜，只為了完成她從小學三年級就一心掛念的夢想。

對比很多人準備多年卻難以圓滿心願，以為根本沒準備的女兒必然考不上，看著錄取通知，當下難以接受，畢竟天空如此寬廣，失事新聞又尤其可怕……連我都不能接受，更何況婆婆與母親這兩位老人家，肯定也有滿滿的疑問。我建議女兒親自去跟阿嬤和外婆好好聊聊，讓老人家釋疑，另一方面也希望，藉由長輩的人生智慧，提醒天真的女兒面對社會與人生的不同角度。

我以為女兒至少得奮戰個幾週才能說服老人家，殊不知才兩個晚上，她就喜孜孜地告訴我：「奶奶跟外婆都同意了！」

「你怎麼說服她們的？」我實在好奇。

「外婆問我奶奶同不同意，我就說奶奶同意。」女兒又說：「奶奶問我外婆同意嗎？我說外婆同意。」

既然親家都沒意見了，她們似乎也沒理由不放手。但後來兩位阿嬤聊起時，才發現對方都跟自己一樣很捨不得，但又礙於尊重親家的想法，其實根本不同意此事，又不好表達意見。

女兒暑假才面試，雙十節就獨自飛到杜拜，我又一如往常，透過她的部落格接收訊息。隨著文章中她寫下受訓時的點點滴滴，我們在電腦前也跟著她的情緒起伏，因為考試一項沒過就會被退訓。

想到她一個人開開心心去圓夢，雖然是自己的選擇，努力背後的堅強也是有極限的。因此就想，我能替她做些什麼？想起自助旅行，那些在國外的日子，有一個東方胃的我們，最懷念的想必是醬油味及熱湯，我能做的就是提供家鄉味，寄些調味品和食材給她，讓常常自己做飯的她，有暫歇休息的溫暖。

精挑細選寄出第一箱包裹十幾天後，部落格上，我的小女孩開心地寫道——

包裹收到啦！（撒花）經過強迫被抓到機場standby三次，生命還是美好的。今天衝去karama領取老媽寄來的包裹，果然還是媽媽懂我，裏面有可口奶滋以及義美小泡芙，還有一大堆廚房醬料，用以拯救我的爛廚藝。我顧不上旁邊一群印度老人詭異的眼光，現場就拆開來吃，只能說雖然不是葡萄口味，但吃到可口奶滋真的很幸福。

走出郵局我才發現，剛剛搭乘的taxi貴得嚇人，錢包空空只能坐捷運回家，包裹真的很重，但我臉上幸福洋溢。今天是美好的一天，希望機場standby也可以拿到layover，回家路上再來吃便宜又好吃的巴基斯坦菜（Karachi Durbar）。

再炫耀一下，看看我的醬料軍團，媽媽也太可愛，意想不到呢！還在罐子上寫麻油麵線跟沙拉的食譜，讓我看了好想哭。也要感謝老哥的英文翻譯，在每個食物貼心寫上英文標示；另外，鐵蛋一定是爸爸的點子，因為我點菜沒點這個。太愛你們了！包裹裏不只食物，媽，感謝您的運動鞋，提醒我不要沒班就拚命煮飯吃，呵！

感謝家人，我太感動了，感覺人已回到臺灣了。過年無法回家，請兩老保重，今年我會用第一份薪水幫你們包人生第一份紅包，過個好年！

除了寄上暖心的食物包裹，我也進一步思考，阿聯酋航空是國際性公司，嚴格規定每週工作時數，保障工作人員休息時間，我鼓勵女兒，不妨乘此機會進修。她把話聽進去了，利用空閒時間溫習，順利錄取英國倫敦大學，當陸續收到重重的教科書後，一邊工作，也一邊重拾學生身分，在圓滿夢想的同時，繼續著中斷的學業。

日子雖然愈來愈安定，但我還是無法安心，在她生日這天寫了封電子郵件給她——

生日快樂！這一天對你我都是一個很重要的日子，回想二十多年前生你時的幸福感受，謝謝你來到我的生命。

前一陣子，我飛往香港大學參加哥哥的畢業典禮，當時再次感受飛行的便利與不確定性，想你每天在這樣特殊的環境中工作，我心中湧現不捨與不贊成。但說服我的理由只有一個——你在做自己喜歡的事，這比什麼都重要。

記得我們上次一起看電影《露西》，她的腦子不停被開發潛能，我們當然不用靠藥物開發潛能，做自己喜歡做的事、走自己嚮往的路、做自己的選擇，智慧就會因而被無限開發。就像你在德國

〈親眼看到自己的成長〉那篇文章中，你說，每天你都會問自己：「我今天有否成長？」我試圖以「欣賞」的角度看待你在阿聯酋經歷的起起伏伏，需要支持、支援時，只要說一聲，我們都在這裏。

朋友說，他的朋友做了空姐之後開始迷戀名牌，性情也跟著改變，你和哥哥都在大公司上班，工作接觸的都是吃好、穿好、用好的，但世界不止這樣。年輕的你在花花世界中，萬萬不要迷失在物質名牌中，也不要被現在的高薪收買，相信未來，你們都將有更合適的位置發揮你們的才華，而現在是在累積實力。

另外，我也認為你選擇這分工作同時需要規畫長期的進修、休閒與運動方式，思考與判斷如何對你的身心最好，乘著年輕，大膽地走出去，去迎接風霜雨雪的洗禮，練就一顆忍耐、豁達、睿智的心，幸福才會來。

這世界上除了你自己，沒有誰可以真正幫到你。雞蛋，從外打破是食物，從內打破是生命。人生亦是，從外打破是壓力，從內打破是成長。

相信人生不會虧待你，你吃的苦，你受的累，你掉進的坑，你走錯的路，都會練就獨一無二成熟堅強感恩的你。心簡單，活著就簡單；心自由，活著才自由。

每天拜拜的時候，對著外面眾神、家裏的佛像與祖先牌位，默默在心中祈禱三次，是我日日做的事。

我希望不要因為自己的害怕而中斷她的夢想，但我也知道真的開始在空中工作，一切成真時，亂流或調整時差的不舒服，將很快教會她，如何聰明且正確地保護自己的健康與安全。

很快的，我就收到女兒的回信——

感謝母親。

在這裏，身體要適應，心理要適應，更要學會接受而不是忍耐。

我感謝母親一路相伴，您帶我去過的地方、看過的電影、說過的話、小時候唱過的歌，我都會在現在的工作環境上巧遇。也許是乘客的舉動或自己空閒的遐想，我都看見也漸漸感受到以前您十年養成計畫的用心。

我感謝母親，您很不一樣，我願自己成為如您這般寵愛女兒的母親。曾經，您說女孩就是要去外面看看，但一出去就真的收不回來了吧！我感謝母親，讓我認識自己，用自然的方式，從生活中知道人有無限的可能，不再只是小學作文中「我的志願」般的白紙黑字。

我很知足也感謝生命，名牌對我沒有太大吸引力；身體會因為工作勞累，但心裏是滿足的，滿足了就會感謝，感謝空氣、陽光和母親，是您讓我有感覺的能力。

高中畢業時，您曾帶我去祕魯自助旅行，那是個很不平凡的地方，也讓我知道除了歐美以外的世界。是呀！這世界不只是有歐美，這樣的念頭，讓目前只拿到非洲以及印度班表的我，不至於太過難過。

感謝母親一路相伴，讓我處處看見您的背影，love you！

女兒走過世界五大洲，搭過無數地鐵火車，當然也在無數便利商店果腹，頭頂同樣是天，腳踩不同的地，依著成長過程留下點滴紀錄。在那段當空中飛人的日子裏，她也留下不少心情手札，幾封寫給我的信，都讓我跟著她的一字一句，跟著看見她所看到的世界樣貌——

最近才飛英國，我去了劍橋，享受一下午徐志摩詩中的撐篙。媽，您知道那多美嗎？清風徐徐，柳樹伴路人，有那麼幾個瞬間，我突然覺得徐志摩坐在河畔與我相看兩不厭，朗朗向雲彩、金柳、柔波、青草吟著詩，志摩我終於懂了！

半年前，去了慕尼黑的新天鵝堡。站在城堡親眼俯瞰，濃濃如潮汐波波震盪的霧映入眼簾，媽，看到這樣的仙境，您不被感動嗎？中國的萬里長城，延綿無盡，登上長城，心早已流浪疆外，就算我真有懼高症，加上山上空氣稀薄，在那急促的呼吸中，我知道那裏存在著我無法控制的驚歎！

我第一班過夜班，您還記得嗎？是非洲烏干達。我聞過溼潤的綠草，我摸過孕育成千上萬物種生命的紅土。非洲不是黑暗大陸，它很潮溼又乾燥，四處都是昆蟲、溪水以及海浪的味道。媽，這是我第一次知道呼吸的重要。

當我擁抱已進入最佳睡眠姿勢的無尾熊，慢慢有意識自己原來也可以散發一點點母愛，毛茸茸，好不可愛！

媽，這工作帶我看到所謂的驚豔以及貧富差距，住過紐約時代廣場旁金字塔上的五星級酒店，也買過路邊赤腳非洲大媽叫賣的芒果及大鳳梨；感受過所謂俄羅斯的冬天，地中海的夏天，才真正體會大自然改變四季的力量之大。媽，我現在知道的世界已不只是紐約、巴黎、倫敦與米蘭。

我跟著她的走筆，向世界探索。有幾回她正巧因為工作過境臺灣，母女倆利用短暫的休息時間相約喝咖啡，女兒一坐下來，就急著告訴我她最近聽到的有趣故事，「別的班機上的姊姊說，她那班機艙座位上坐的不是人，是禿鷹。一班飛機最多能接受十多隻禿鷹旅客，禿鷹在椅背上被蒙上眼睛，非常安靜，這些禿鷹還有各自的護照，雖然每一隻都長得很像，其實牠們身價很高，是準備出國比賽的選手，所以很有紀律，也是另類乘客。」

她又告訴我，在杜拜還有女性專屬的捷運月臺及車廂，而且很多地區根本沒有門牌地址。確實，還記得有次我去找她，我們要到一個特色餐廳，攔了三輛計程車都聽不懂餐廳人員的指引。

世界何其大，不同區域有著不同邏輯思考。

阿聯酋航空飛向全世界，空服員來自一百二十多個國家，班機上的組員都來自不同國家，工作之餘的交流，女兒覺得十分珍貴，甚至私下專訪包括千里達、厄瓜多、巴拉圭、伊朗、保加利亞、委內瑞拉、肯亞等二十多個國家的組員，做成文章紀錄，想著日後要出一本書。

她會有這個靈感，源自於有時回國和同學及朋友聊天時，感覺到他們對未來的徬徨，所以她想用自己的眼睛幫同學看世界。

分享這些文字時，她也認為，各地文化風俗或許不同，但其實有些事大同小異，外國的月亮沒有比較圓，每個人都很公平，擁有一天二十四個小時、擁有一雙手。臺灣也有很多很多的特點，年輕人不用妄自菲薄，只要勇於夢想，善於規畫，敢於出發，勤於執行，人人都可美夢成真。

我聽著女兒的話語，心裏驚歎連連，看著她雙頰紅潤、神采奕奕地分享，彷彿又見到當年去美國與德國當交換學生，那個充滿活力準備探索未知世界的少女。我的心中充滿欣慰，那個怕黑的小女孩，怯生生拉著我問「請給我一杯水」的英文怎麼念的小女兒，如今已經能靠自己的雙腳與雙手探索成長，甚至一次又一次地回饋給我，換她帶我看世界。

如今我還能做些什麼？唯有鼓勵，放手讓他們翱翔。

想起十幾年前，我牽著他們的小手，由亞洲飛向歐洲，在幾個城市旅行幾週。後來，在我的安排下他們飛向北美，在一個國家當一年的交換學生。現在孩子獨自起飛了！真的飛向全世界，而且離我能掌控的愈來愈遠。尤其這麼年輕的女兒，擁有比任何人都幸運的機緣，自己打開和世界溝通的大門，有機會飛向非洲、南美洲、最南、最北、最貧困、最富有，這才是真正的世界大學、空中大學。

去飛吧！孩子，朝著夢想盡情地飛去吧！我會在這裏守候著，讓你們在歸來時，有一個溫暖且安穩的休憩之處。

二十歲那年，閻虹成為阿聯酋航空及卡達航空空服員，小學三年級曾與空姐合照並埋下小小志願的她，翱翔世界的美夢終於成真，也因此認識更多各國朋友。

獨一無二的爸爸

一如女兒在信中所言，那個在家庭生活中總是扮演黑臉角色的先生，是他們獨一無二的爸爸，每個看似冷酷的決定中，其實都蘊藏著無限的溫柔。

親愛的孩子，在養育兒女的這一條路上，奶奶並非孤軍奮戰。奶奶很慶幸的是，這一路走來，你們的爺爺總是與我攜手前行，對於孩子的教養問題，我們也曾有過意見不合，但更多時候，我們一起感動著孩子帶給我們的生命美好。

記得兒子出生時，身為新手爸爸的先生總是離嬰兒遠遠的，問他為什麼，他只是怯怯地說：「我覺得孩子好軟，怕抱得不好，他會受傷。」孩子大便時，他也不敢靠過來，看著我徒手在清水下幫孩子清洗，他搖搖頭，一臉敬而遠之。

有次，兒子尿溼了不舒服，有一陣沒一陣地哭，先生看我手上忙不過來，心疼之下鼓起勇氣要幫忙換尿布，沒想到尿布一打開，正湊上臉去檢查的先生，就此被賞了一道黃黃熱熱、強而有力的童子尿。

先生驚愣在當場，很快地就笑開懷來了。這泡尿把先生的父愛激發了出來，從此之後，在孩子的照顧上，他參與得愈來愈多，付出愈多就愈來愈歡喜甘願做。

因為我不會騎摩托車，載女兒去舞蹈班的工作總是由先生負責，他和其他的媽媽們以及櫃臺阿姨都比我還要熟稔。每次舞蹈班下課載女兒回家的短程兜風或吃點消夜零食，總是父女最快樂的悠閒時光；舞蹈班上臺表演的日子，若遇到我假日加班，先生就夾在一堆婆婆媽媽裏幫女兒化妝。

長大後，女兒回憶起這段過往，特別選擇在先生的生日前，感性地寫了一封信給他——

爸，生日快樂！今年的生日又不能和您一起過了，但還是請您不要習慣啊！自從我和哥去花蓮住校讀書，好像已經有五、六年的時間，只能透過電話慶生，而現在在德國好像又更遠了，雖然我們之間隔了一整片歐亞大陸，但我真心祝福您，我親愛的老爸，生日快樂！

記得小時候上舞蹈班，晚上下課您總會遲到個幾分鐘來接我，我站在舞蹈班門口，看著小朋友一個一個被媽媽接走，當我向最後一個小朋友說bye bye時，我知道您一定會來！因為我確信，只要在幾萬個車燈中找到您那小小黃黃又舊舊的摩托車燈，您就會出現。那一直都是我每個星期，舞蹈班下課的小小企盼。

您還記得嗎？在舞蹈表演時，其他小朋友都有媽媽幫他們化妝，因為媽媽工作經常加班的關係，所以表演時都只有您陪我，而當下您竟也挽起袖子，拿起化妝盒，試圖要幫我上妝。那時我還嫌醜呢，不要您幫我化，跟您鬧脾氣，現在想想不知不覺眼眶紅了，因為，我，有個獨一無二的爸爸，是別人所沒有的。

有時候，你會從「高高」的「說教」臺退回到我旁邊，告訴我，「我們」慢慢來，而我清楚知道那個「我們」明明就只有「我一個人」，你卻說「我們」這兩個字，讓我在面臨困難時，可以無憂地倒下，因為有個戰友「爸爸」，讓我可以直接往後靠。

其實，我明明知道有時您是故意扮黑臉；其實，您明明知道我已經沒問題了；其實，我明明清楚要怎麼解眼前的問題，卻依然裝傻，希望您可以再像小時候一樣教我。

而我一直不懂的是，您明明很懷念我和哥哥小時候天真的模樣，自己反而總是先嚴肅了起來。還記得小時候您用衣架處罰我嗎？是小學吧！打到我屁股上兩條紅紅的痕跡，那時您應該比我還痛吧！以前哭，是因為自己不懂事，屁股打痛了才哭；現在哭也是自己不懂事，因為我又讓您難過了。

來到德國後，有時覺得自己很幸運，特別是觸景生情時，特別想感謝我的父母，因為你們把我生得一副永不認輸的個性，那個之前都不敢在您面前哭的我，只敢躲在門後跟被子裏偷哭的我，是您，給我如此堅強的個性，讓我永遠不缺勇氣做出更多的選擇、跨出更遠的可能性。

爸，已經好幾年了，衣架還乖乖地躺在晒衣架旁，而不是在我的屁股上。阿嬤常跟我說：「以後等到你出嫁了，你爸爸會是最難過的。」

爸，生日快樂！小時候我跟哥哥生日時，您總會買大大的蛋糕回家，圍著蛋糕吹蠟燭，笑得總是很燦爛，那時候真的很開心！那您呢？

爸，今年，您想吃什麼口味的蛋糕呢？

一如女兒在信中所說的，對他們而言，我那位在家庭生活中總是扮演黑臉角色的先生，是他們獨一無二的爸爸，每個看似冷酷的決定中，其實都蘊藏著無限的溫柔。

一如兒子從香港大學機械系放暑假回來的時候，先生為了讓他有更踏實的學習，特別拜訪附近的汽車保養廠，領著兒子過去當「黑手」，除了做白工不支薪外，還買了高級水果拜師，拜託保養廠老闆：「讓他從最低階的開始做起，盡量派工作給他，拜託了！」

而他的用意，我們都明白，其實是讓兒子從實做中增加經驗值。因此那年暑假，兒子常常全身躺平滑進汽車底部修理，總是滿臉油汙，並被師傅們輪流使喚著工作。

孩子的興趣，有時候是父母陪伴而發掘來的，但在孩子童年時，父母該如何陪伴呢？這是沒有標準答案的。先生這三十年來，在養育孩子這條路上，以身教與言教教會了我——答案就在每天的生活中，和孩子一起經歷各種生活體驗，因時因地因材施教。

除了愛與實做，先生也樂於與孩子分享新知，常常跟我們分享他又獲知什麼好觀念。他很好學、喜歡思考，他讓自己不斷進步，善用頭腦規畫，而非如牛一般努力工作而已。

親愛的孩子，如果你們有機會來到我們家的廁所，坐上馬桶往前望，就會看到門上貼著兩張泛黃的紙，上頭的膠帶已經脫膠，由此可見，它們存在於此的日子已經好久了。上面寫的兩個理論，正是先生最常向孩子提起的「二八理論」以及「資料庫理論」。

二八理論闡述的是，世界上有百分之八十的財富集中在百分之二十的富翁身上；一如公司客戶中，僅有百分之二十的大客戶，卻能帶給公司百分之八十的總營業額。所以，公司應該將百分之八十的力量放在這百分之二十的大客戶身上；至於那些百分之八十的小客戶，應該用百分之二十的時間去經營，這便是二八理論。

資料庫理論則複雜得多，先生在跟孩子們提起時，試著以案例解說。他舉了愛迪生的例子，「我們現在總認為是愛迪生發明了電燈，其實這樣的說法並不正確，愛迪生並不是第一個發明電燈的人，而是發明了第一個能實際運用於商業的白熾燈，也因為這個原因，愛迪生足足花了六年的時間，在漫長的法庭鬥爭後，取得電燈的專利權。」

工業革命時帶動了各種發明，電燈是其中之一，然而當時發明電燈的人不只一個人，但這些電燈都有缺點，如壽命極短、生產費用過高等，僅適合滿足實驗室的測試而無法量產應用在生活上。

先生指出，「愛迪生應用了碳化纖維作為發光材料，大大延長燈泡的壽命，並且設計了生產線，讓燈泡開始大規模製造，降低生產成本。除此之外，愛迪生將日光燈與供電系統做有效連結，將照明推廣到家庭和企業，形成完整的配套。」愛迪生的偉大在於他建立的網路系統，使日光燈普及化，一般人總被教育要去找工作，而富有的人則在建立自己的網路，這就是資料庫理論。

常被先生掛在嘴邊，甚至貼在廁所門上的二八理論與資料庫理論，就是希望孩子能見樹又見林，不但往高處遠處想，也往踏實、仔細裏做。在長年的引導之下，漸漸發揮潛移默化的效果，無論是兒子在美國當交換學生時展開的二手童書募集計畫、舉辦香港大學體驗營，或是女兒在德國號召同學一起製作卡片為日本三一一地震受災人民祈福，從他們執行這幾個大型計畫中，都能見到這兩個理論的身影。

看著自己所傳遞的理論與觀念分享有了發酵，一雙兒女在成長路上漸漸有他所期望的領導者風範與高度，一向在家中較為嚴肅的先生，其實時常默默地在心中讚歎與欣慰著。

身為一家之主的他，年輕時情緒容易緊蹦，近年來常在田間耕作做假日農夫，在城市冬天覺得寒冷、夏天覺得躁熱，但在田間除草時，再大的太陽，他都沒有關係！他由小小種子開始種植，開心領受植物的生命成長，也展現了如孩童般難得的輕鬆笑容。

有天下班，我一身疲憊地走出公司，迎面而來是一張熟悉的面孔，卻一時想不起他是誰，過了許久我才想起來，他是早餐店專門做蛋餅的先生。

蛋餅是店中最熱門的菜色，店前面擀麵、打蛋、煎蛋餅的重複動作成了最佳廣告，每次去買早餐時，面對一批批客人，他總是重複俐落及專業的動作，但臉上永遠是一號表情，沒有一絲笑容。

可是那天，我竟在夜色中看見他的笑容，我在心中輕聲訝異著，他不只笑了，連眼神都如此柔和，往他摩托車後一看，一個小男孩從後方摟著他的腰，正歡天喜地地跟他聊著那天的一切。

又是一個爸爸，獨一無二的父親，唯有面對自己的兒女，才會露出潛藏在內心的溫柔。

念書給孩子聽、帶女兒上舞蹈課、與兒子一起用餐，在孩子們的照顧上，先生參與得愈多，就愈能歡喜甘願做。

醫院牆上的家傳戒指

我們家有形的家傳戒指，是在慈濟醫院的牆壁上。而我的母親與父親化小愛為大愛，以德傳家的精神，也是留給我們最珍貴無形的家傳戒指。

親愛的孩子，現在，我正看著一張家族合照，那是過年時，我與兄弟姊妹到花蓮鯉魚潭家族旅遊，在朋友自己建造的民宿陽臺上拍下的照片。照片中，母親往後躺坐，她的頭由哥哥按摩，兩手由孫子按摩，兩腳被女婿按摩著，畫面有如五花大綁，但大家都笑得好開心。

看似老人家被子孫服務著，但在拍下這張照片前，這個最可愛的母親、岳母，最慈祥的外婆，早在女婿以及兒子的頭上、頸上一一按摩過一輪，讓他們的勞累得以一一放鬆。不只一次，女婿來到娘家時，母親總是在廚房費心準備餐點；而女婿不在時，她總是叮嚀我們這幾個姊妹，要多體諒丈夫工作上的辛苦。

母親就是這樣的一個人，待任何人都如同自己的子女。

第一封信我告訴你們，我也是別人的女兒，即將邁入六十歲的我覺得幸福且慶幸，至今我依舊保有女兒的身分，可以盡情地向年邁的母親撒嬌。每次和母親在一起，即使只是恬靜聊天，也能讓我補充能量，母親猶如大自然，和她在一起，疲累的心靈就能得到修復。

母親雖然年紀大，依然好學，對任何事物充滿好奇，例如我常跟她一起討論一般人聽了會頭疼的分子生物醫學，她總靜靜聽完後又問問題，或是我幫她拍照時，她會好奇拿過相機也想學拍照。

母親進入慈濟後，精神及身體都變得更健康，雖然因為年輕持家操勞過度，使得一邊耳朵全聾，一邊耳朵要戴助聽器，領有殘障手冊的她，倒也隨遇而安。助聽器有時吱吱作響，我們在身旁偶爾會聽到那種尖銳刺耳的聲音，旁人聽到頭都痛了，更何況她是長時間貼身配戴。

有次媽媽回靜思精舍當志工，特地換上新買的電子助聽器，她原本開心地想：「終於可以聽清楚師父開示了！」想不到因為是公共場合，身旁還有上百人，環境中大大小小的聲音與干擾都會影響收音品質，唯有單一看著臉、面對面講話，收音效果才能發揮到最好。

這副新的助聽器完全發揮不了作用，坐在角落的母親，莫可奈何，苦笑著說：「只好像撿寶似的，偶爾聽得見幾句師父的開示，我就把它牢牢記住。」

母親總說：「雖然我聽不到，但我眼睛會一直認真看；我做的不要比別人少。」一週七天，她各項慈濟工作輪著做，無論是環保、福田、助念、香積、收善款、探訪貧戶等無一不漏。

母親經常勞動的手，手背布滿青筋，但手心卻無比柔軟、溫暖；她的膝蓋因為舊疾，早已腫大變形，卻仍日日精進向前行。

她除了耳朵聽不見，還患有退化性關節炎，走得多或是上下樓梯，膝蓋都會疼痛難受，每次跟在她後面上下樓梯，總是非常不捨。她總要一跛一跛抓住手扶欄杆，勉強撐著身體的重量，再東扭西扭找到一個比較舒適的姿勢，才能緩緩以倒退方式下樓梯。

三十年前，醫師曾告訴她，可以手術重置人工膝關節，會令她生活暢快許多，但她在歷經耳朵手術失敗後，始終對手術無法抱持好感與信任，因此一次次拒絕醫師的提議。

後來我在分子生物課，了解到退化性關節炎只要常保運動，就能讓骨頭更加強壯，只是母親畢竟年紀大了，她的雙膝在日日的步行與勞動中逐漸腫大變形，愈加疼痛難受。

有次我陪母親到花蓮慈濟醫院做志工，當時她膝蓋的老毛病又更嚴重了，我見她連走平路都辛苦，建議她：「不如拿枴杖吧！」

她想也不想就回絕了我的提議，說：「我來當志工是要去服務別人的，人家看到我拿枴杖，也不好意思讓我服務了。」

我跟在她身後一陣子，想想實在不行，膝蓋的疼痛如尖刺般讓她緊皺著眉，步步踏出去都難受得不得了，每一步都在強撐。我乘空到販賣部幫她買了一把高度適中的雨傘，她歡喜試了試，正巧與她的身高配合，能撐起身體重量以緩解雙腳負壓，這才以傘代替枴杖，繼續四天的志工服務行程。

有一天，高齡八十歲的母親突然告訴我們，她想要去動手術，想再一次相信現代醫學技術，祈求能替她一雙不堪用的膝蓋重新找回生命力。大家都非常了解，她何以突然改變心意：「這樣我才能夠好好地做志工，服務更多的人。」媽媽單純一念助人的心，不說我們也明白！

我的母親猶如亂世佳人郝思嘉的母親一樣，影片中的她如天使般的面容及身影常穿梭在窮苦人群中，無時無刻都在做利益他人的事。我的母親也是如此充滿大愛，但年輕時的她並不是這樣的。

小時候，父母為了五個孩子以及沈重家計，日日都過得相當辛苦，爸爸是個溫和的人，再急再累也是斯斯文文，但是母親不一樣，她是個急性子。小時候在自助餐店幫忙洗菜時，我單純地執行洗菜要洗三遍的指令，但媽媽卻著急嚷著：「要下鍋炒了！菜要被你洗爛了！」事情又多又急，讓母親更加急躁。

現在的她個性依舊急，只是急的面相不一樣了，現在是急著做善事，就連住的地方也精挑細選，特地選在慈濟臺北分會附近有電梯的公寓居住，以方便去分會幫忙。

即使不是慈濟事，只要是利益人群的，她也是一馬當先往前衝，就連做完白內障手術休養期間，仍帶著墨鏡、穿上莊嚴的慈濟旗袍，出去幫人助念。不僅如此，她生日那天，也一樣先去助念完，才來和我們聚餐，媽媽總是如此輕安自在；不但助念如此，做環保時，常有人將家中過世老人的衣服丟到環保站，有合適的衣服，媽媽總是珍惜物命，心中無所掛礙。

九二一集集大地震發生後，重災區一夕間死了幾千人，當時很多當地人都不敢回去故鄉，怕冤魂太多，視為人間煉獄，朋友分享：「災區的人自己都害怕拚命往外衝，而慈濟人忙救災卻一心往裏衝。」母親也在第一時間就跟著慈濟志工，提著食材、烹煮器具直往裏面衝，一日又一日料理幾千幾萬人的三餐，重建時期，更是常搭清晨出發的遊覽車，從臺北南下南投學校幫忙鋪設連鎖磚。

有次，她在街上遇見一個孤苦無依的老人，很單純地急著要把對方帶回家照顧，當時隨行的朋友理性勸阻她：「你應該通知社會局及分會來處理，這樣對這位老人家才是最好，才能受到更為妥當的照顧。」母親這時才冷靜下來，同意這是更長久的方法。

雙腳仰賴手術獲得舒緩，但聽不見的耳朵對母親而言，是一輩子的修行。年輕時，她總為這雙聽不見也聽不清的耳朵困擾，畢竟同桌吃飯時，大家突然大笑或自己的回答雞同鴨講時，都令人挫折。但現在每當聽不見或聽不清楚時，她就自在地在心中默念佛號，偶爾聽見別人在說笑話，就跟著一起開懷大笑，這些在我看來，實在是一種難得的修為。

有一次，我和母親到醫院當志工，巡視病房時看到一對男女，媽媽對床上的男士說：「你真好命，有女兒在照顧你。」話才說完，我就看到那位男士臉一沈，悶悶地說：「這是我太太。」我急著按住媽媽的手，腦中拚命在轉，說：「你把太太照顧得真好，現在換她來照顧你，這樣真是好啊！」

走出病房，我跟母親說對方不是女兒而是太太之後，她自己哈哈大笑，不好意思地說：「真是不好意思，我這雙耳朵實在是不中用啊！」

有時我回娘家住，睡前我們總聊得意猶未盡，不得已要睡時，我總是開玩笑說：「不聊了，那我要把眼鏡拿掉，你要把助聽器取下，我們就會一個看不見，一個聽不見了。」三十年來，我的眼睛因為長期電腦工作造成傷害，沒辦法開刀，也無法醫治，只能共存。

說不在意是騙人的，但想起母親數十年來與耳疾共生共存，並如此輕安自在，我就能重拾力量，常常也拿這件事情當作玩笑來講，而最捧場的就是母親，總是配合演出哈哈大笑。

母親時常說她不會說話，沒法教我們什麼，但她的身教讓我明白我還有一雙清晰的耳朵，一如她聽不到，但是她還有一雙明朗的眼睛，「我們不要一直想缺少的，而要想擁有什麼。」

接近母親總令我感覺溫暖，如同接近大自然，接近大地之母，讓我的精神再次充電，會自動修復與放鬆，得以蓄積能量再出發。她的身教，不只是讓我們跟在她背後看，同時也領著我一同實境領略。

去醫院當志工時，曾遇過一位男病患，不僅沒有家人照顧，還必須包著尿布，跟他深聊之後才知道，原來他的父親是某家大戲院的老闆，但被人騙錢，因此一家潦倒，他的姊姊還住在另一間醫院。

問他有什麼可以幫忙的，他輕聲說：「我可不可以有三餐？」我們告訴他，會請社工協助，他才露出些許笑容，接著又說：「我可不可以不要包尿布？」對這個請求，只能抱歉了。

看著他，想想我們年齡相仿，而他的小小盼望，只祈求三餐能吃飽以及不要包尿布。後來，我們找來幾位男眾志工幫他沐浴淨身，讓他舒服一些，也常常來陪他聊天，還分享口足畫家謝坤山的故事，安慰他：「你還有手有腳，要安心養病，早日康復後，還能大有可為。」

用餐時間，我和母親被分派到各病房發放餐盒。過程中，我發現有幾床患者的餐盒很特別，沒有菜、沒有飯，只有一包粉，或是需要用灌食器餵食的泥狀物。看著，心裏頭不免辛酸，吃著這些不能被稱之為食物的餐食，他們卻連抱怨的權利都沒有。

這也讓我想起父親臨終前，嘴、鼻都插上管子，口渴了，不能盡情暢飲，乾燥的嘴唇只能用棉花棒沾水輕點滋潤，我心裏總不捨地想：「爸爸一定很想好好喝一杯水吧？」原來能吃到一頓平凡的飯菜，是幸福；能暢快喝下一杯水，是福氣。無論是母親帶我到醫院所見的景象，或是爸爸用身體無聲的說法，都讓我體會何謂「見苦知福」。

在醫院志工服務中，每每進病房望見病患坐在床頭癡癡地望著窗外的藍天，就讓我不禁感恩自己的身體，雖然一雙勉強堪用的眼睛需要特別照顧，但至少我還能悠然漫步在臺北街頭，享受著豔日下的熱汗淋漓，又或者是感受著冬日的瑟瑟冷風。

處處感恩，時時感謝，這是父親留給我最珍貴的遺產，也是母親送給我的人生禮物。服務這麼多的眾生，讓我體會到的「知足感恩」，不再只是字面上、言語上的意義，打開水龍頭有水流出來，我覺得好知足；下班後在廚房滿頭大汗為家人煮一餐飯，我也很感恩，因為我還有一個完整的家，我很知足。

平靜平凡的日子不是必然，父母帶我看見書本以外真實人間不同的面向。看到巴基斯坦有人因為貧窮，全口無牙二十年只能吃流質食物，看到非洲人穿著剪開寶特瓶綁上繩子做成的鞋子，看到甘肅高山裏因為缺水，每天到山谷取水成了孩子無法上學的原因。

女兒有許多外國朋友，有時會分享手上的戒指和故事，原來那是她們祖母結婚時戴的戒指，之後傳給她們的母親，再傳給她。女兒回家後曾興奮地問我說：「我的朋友都有這樣一個家傳戒指，那我們家的家傳戒指在哪裏呢？」

我認真想了想，說：「我們家可能沒有這個戒指了。因為證嚴法師當年籌款蓋醫院時，外婆就把手上的戒指摘下來投入捐款箱，結婚時的項鍊也放進去，希望能盡一己之力。」我回頭看看女兒，笑著總結，「所以女兒啊！你的家傳戒指可能在慈濟醫院的牆壁上、磚頭上喔！」

後來女兒遇到母親，再度問起此事，只見母親一如以往呵呵笑著，贊同地說：「沒錯，那些項鍊、戒指都捐出去救人了！」

親愛的孩子，我們家有形的家傳戒指，是在醫院的牆壁上。而我的母親與父親在以身作則的家族教育中，化小愛為大愛，以德傳家的精神，也是留給我們最珍貴無形的家傳戒指。

（上圖）難忘的家族旅遊，母親被眾子孫伺候全身按摩；（下圖）爸媽的故事由大愛臺製作成「我家的美好時光」電視劇，於二〇二〇年四月底播出。

【後記】

五十歲開始寫一本書

你試過一支原子筆寫到沒水嗎？那段日子一直寫一直寫，一支又一支原子筆寫到沒水，比學生時代更常提筆寫文章。這是我五十歲時做的事，五十歲開始要寫一本書！

兒子去美國交換學生前準備出一本書，我成了他和出版社之間聯繫的橋梁，幾經往返，出版社覺得我的理念不錯，邀約我也寫一本書。起初覺得自己一介平凡職業婦女，實在不曉得有什麼好跟別人分享的，但有了催化，那就試試看吧！這件事確實困難，然而過程可能是給孩子最好的身教，於是就這麼開始了……

公事繁忙，還要處理家庭及家族許多雜事，多種角色交錯的心情：前往花蓮探望孩子的火車上，在搖晃的座位寫下媽媽的心情；睡到半夜靈感突發，摸索紙筆、瞇著深度近視眼記下隻字片語，成了隔天早上看不懂的天書；馬路邊靈光乍現，吸著汽機車廢氣，振筆疾書……把握零碎的時間一直寫，甚至還有寫到手抽筋的經驗，就這樣寫了近十年。

從小愛看電影的我，回首這十年，我的書似乎是跟著魏德聖導演的每部戲前進——

「海角七號」讓我體會文章猶如電影，開頭如何布局，何時切入音樂，將會呈現什麼樣的畫面。

「賽德克巴萊」拍攝時，一次次陷入泥沼中，幾百個人在山上穿梭來去拍戲，如同我困在自己幾大箱的稿件中，自己常被自己打敗。

「KANO」中，教練帶領沒有贏過一場比賽的嘉義農校球隊，打入棒球聖地甲子園，「不要想著贏，要想不能輸」，讓我體會到不要小看平凡人的潛力。

看見魏導從困難中匍匐挺進，「奇蹟，要先相信才會發生！」我的心一次次得到安慰，一次次從泥沼中爬出來；我只有選擇前進，不能後退，因為選擇放棄，那就什麼都沒有了。

電影後製、剪接的重要性，就像我整理幾年來可寫出五本書分量的稿件，從中理出起承轉合著實不易，最後需找專業編輯協助。

我終於明白：發願時，通常就是磨難的開始！然而，同樣的事，有的人只看到困難，有的人卻先看到夢想！有人說困難是一座圍牆，擋住信心毅力不足的人，「積極的人會在問題中看到機會，消極的人則會在每個機會中都看到問題。成功者發現問題，進而解決問題；失敗者則是不斷抱怨問題，輕忽問題！」

「夢想」，是半夜睡不熟做的「夢」，一個念頭閃過去的「想」法；同樣的想法，在未完成前都是「癡人說夢話」，若完成了才叫「夢想」。要「逆轉勝」，靠的是敢於做夢的熱情，自不量力的癡狂，因為全世界只有自己支持你，需要有黏巴達般不到黃河心不死的毅力，才能完成自己的夢想。

兒子常心疼他很多朋友忙於小家庭外，還要處理退休父母的身心問題，例如憂鬱症、糖尿病……獨立在外的他，有時回家見見兩老，常感謝我們身體健康並做著自己想做的事，不用他操心。而我之所以能擁有夢想，十年來持續著看不到盡頭的寫書大夢，要感謝我和孩子早早就能各自飛翔。

回想他們童年時，每次外出回家，女兒總是衝上來像無尾熊般抱住我，但我卻嫌熱而推開她。現在想來，「原來那就是孩子在報恩的時刻」，孩子以最可愛的模樣、最甜美的笑容回報父母，我卻遲鈍地沒能珍惜及領受這分珍貴大禮。

驀然回首時，發現孩子童年時期竟是親子間此生最珍貴的時刻，是絕無僅有、不再重來的甜蜜時光，因為長大後，他們就有自己的世界及朋友。

幸好懷孕時我就對自己設定「生活與生命是不同的」，所以能珍惜孩子珍貴的童年是屬於生命的時刻，那些年每天長時間的陪伴，享受彼此依偎，真的是「活在當下」，不白活了！時時收到孩子「今生最甜美的笑容」，親子之間愛夠了，滿足了，便可各自飛揚。我可以追夢，可以自助旅行，生命因而綻放。

五十歲開始寫一本書，實在是意外的插曲，從此假日沒了、房間亂了、頭髮白了、眼睛花了，多少個日子背著重重的稿子去圖書館寫書整理，別人在休閒、看電視、吃美食，我在紙筆間奮鬥。別人的包包裏是零食、化妝品，我的包包必須要有筆和紙，好不容易想到的片段，不趕快寫下會塞住，思緒會卡住，別人床邊可能是小說或玩偶，我仍然是一疊紙和筆。

有時看著辛苦寫的文章陷入膠著，明明一字一句都很用心，為什麼文章好像口吃，一直講重複的話？安靜安靜，不能自己打敗自己，寫書考驗理性邏輯思考，也讓自己演進，如同變形金剛般變身！

寫著寫著，心也安定了，由一開始的抗拒變成最後的使命感。因為看著身邊的親友認真帶孩子，卻是親子雙方都疲累，分享自己輕鬆帶孩子的方法，似乎有意義了。

近四十歲開始自助旅行，五十歲開始寫書，近六十歲這本書即將出版。十年是一個世代，我要感謝父母和師長們，他們都不是學院派，卻充滿生命力的能量，經常示現「施比受更有福」，手心向下付出。我因而不再只注意身邊的小事，而能發揮物命，學習利益他人，也應用在親子交流。

學習「氣機導引」常需靜心覺察能量及氣場，我發現要成就事情，資源並不僅限於錢。例如兒子的募書計畫及女兒的文化交流，得以成就都不是靠錢，我會引導他們學習觀察，找出人、事、時、地、物各種資源加以運用。

原始一念心，是希望孩子們練習付出及關心周遭；但我發現付出後，我和孩子反而得到更多。例如孩子和外國人接觸溝通多了，英文多益成績很高分。例如媽媽帶領我當醫院志工，與不同人接觸，看到眾生相，讓我學習良多；這是父母退休後，雙雙身體力行、不斷付出引領我的身教。

「氣機導引」的張良維老師，上課言語很直接，有一次他要一位同學在課堂上直接打電話跟先生道歉。大家安靜看著，同學鼓起勇氣，雖然不好意思，但率性的口氣確實說出道歉的話。老師事後說明：「你在我面前若不跟先生道歉，回家後就更不會道歉！」

張老師的意思是，生活中「你對我錯」都不重要，把不合理內化成合理，也是一種功夫，「圓滿」是最大的智慧。張老師如魏徵般直言，就是要對得起長久追隨的學生，愛之深責之切；光說讚美的話，無益成長磨練。

訓練自己的學生「心量要大」，先向對方認錯，不然在僵硬冷戰的夫妻關係中，內分泌不會協調，長久必然有損健康；任何人先倒下，都得不償失。所以學習讓身體下丹田放鬆時，如同「推手」般，中丹田心性也在學習「讓」、「退」、「轉」、「放下」等功夫。

二〇一九年年底，張老師要我們進行一分鐘錄音，「把多年來學習氣機導引的好、改變、具體作為，說出來讓大家見證你是否真的成為了這樣的人，而不是說自己有什麼不好、需要改進什麼；氣機導引是要大家成為真實面對自己的人，而不是裝好人。」

要面對錄音機，說出自己的好，真令人陌生不安！我剖析自己的一分鐘錄音，覺察沒有說完整的是：不用嘗試改變別人，要能看到「卡住」背後、對方心中好的一面，當自己在委屈中，還能看到對方優點時，就能引出對方燦爛笑容。當只看到對方的兇臉時，極可能是自己一直引出對方的缺點。

每個互動，彼此影響，自己改變了，轉念了，就能轉動能量氣場。原來「改變別人，不如改變自己」，轉念是最難但也是最容易的，不能鬆、不能放，不能退的原來是自己！

長久在電腦前工作，加上十年寫書下來，讓我再也不能走進心靈的祕密基地電影院了，黑暗中的強光會很不舒服；就在「眼根」有障礙、心情鬱悶時，「氣機導引」會館開始舉辦「沈香」香道課程，我也因此能順勢轉為開發「鼻根」品香療癒及覺察靈動力，在人生下半場有此福報和「沈香」相遇，走上一條更寬廣的大路。

我的母親在耳聾膝痛下大可自享清福，我的父親歷經四十年骨肉分離大可自掃門前雪；但他們都在刻苦中仍保持善良的心，撐著虛弱的身體仍不斷去幫助人。爸媽的故事由大愛臺製作成「我家的美好時光」電視劇，於二〇二〇年四月底播出。

回首來時路，雖然路不一定好走；但養兒育女三十年後，退休之路早早就開始準備了，其中若能結合「社會公益、愛灑人間」，一個成長的生命，便充滿無限能量。我期許，這本書的出版，能像自己由沈香中感受到的安定氣場，在社會紊亂之際，能與人結緣、分享穩定人心的能量。

所有的相遇，都不容易！這本書是寫給有緣的你，十年來不變的初心，當你讀到這裏，我的夢想才算完成了！你的夢想是什麼呢？不要小看自己，人有無限可能！也盼望看到更多的你及孩子們能保有自我、無邊無際、快樂飛翔……

國家圖書館出版品預行編目(CIP)資料

育兒放飛記／冷莉萍主述；凃心怡、冷莉萍撰文
初版 — 臺北市：慈濟傳播人文志業基金會，2020.04
352面；15×21公分 —（水月系列；11）
ISBN 978-986-5726-87-4（平裝）

863.55　　109005250

水月系列 0 11

育兒放飛記

創　辦　人／釋證嚴
發　行　人／王端正
平面媒體總監／王志宏

主　　　述／冷莉萍
撰　　　文／凃心怡、冷莉萍
封 面 繪 圖／詹喻婷
主　　　編／陳玫君
企 畫 編 輯／邱淑絹
特 約 編 輯／吟詩賦
執 行 編 輯／涂慶鐘
美 術 指 導／邱宇陞
美 術 設 計／曹雲淇
出　版　者／慈濟傳播人文志業基金會
112019臺北市北投區立德路2號
編輯部電話／02-28989000分機2065
客 服 專 線／02-28989991
傳 真 專 線／02-28989993
劃 撥 帳 號／19924552　戶名／經典雜誌
印　　　製／新豪華製版印刷股份有限公司
經　銷　商／聯合發行股份有限公司
231028新北市新店區寶橋路235巷6弄6號2樓
02-29178022
出 版 日 期／2020年4月初版一刷
定　　　價／新臺幣350元